ゆかいな床井くん

戸森しるこ

講談社

ゆかいな床井くん

もくじ

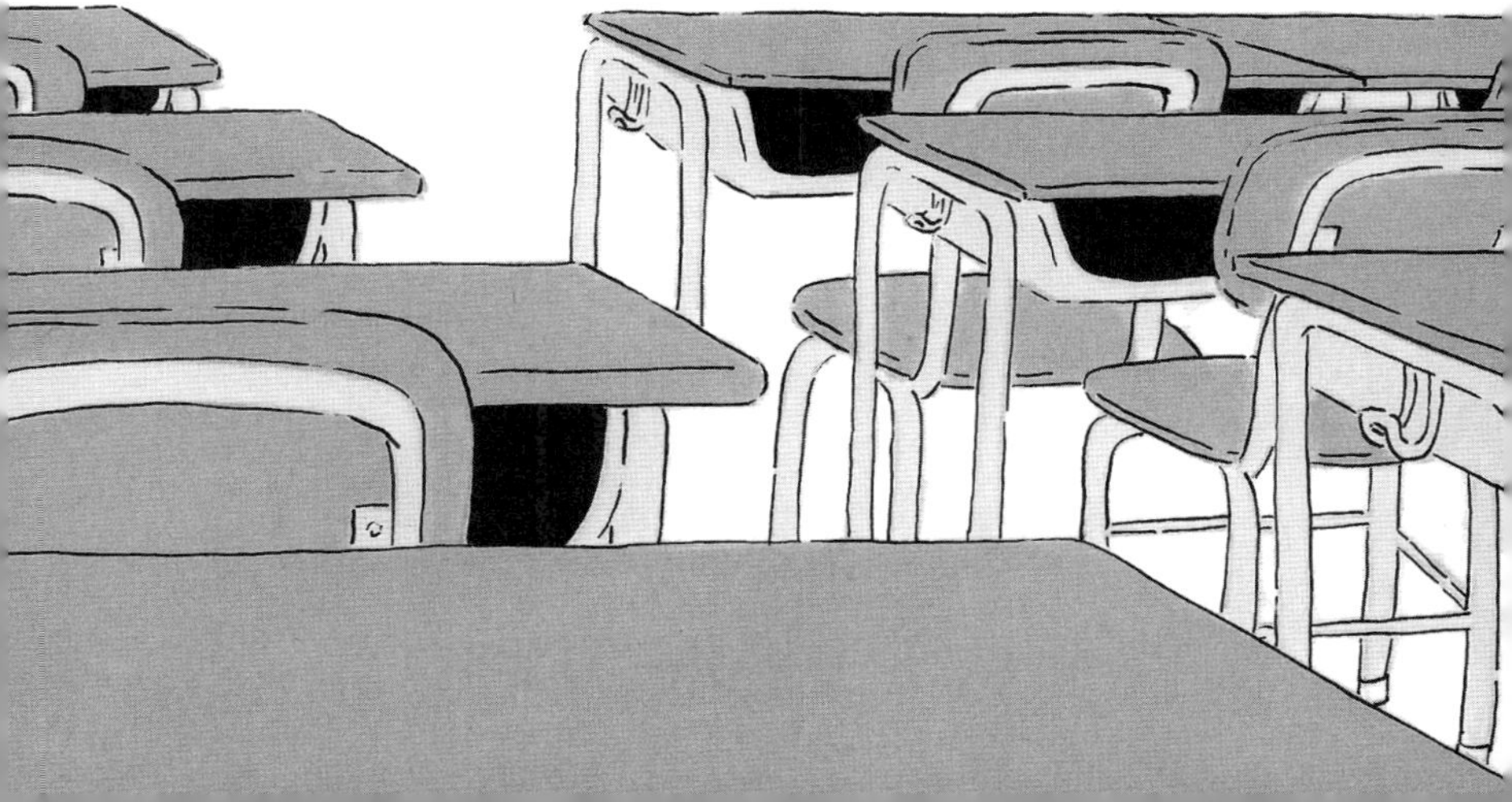

暦と歴
_{こよみ} _{れき}

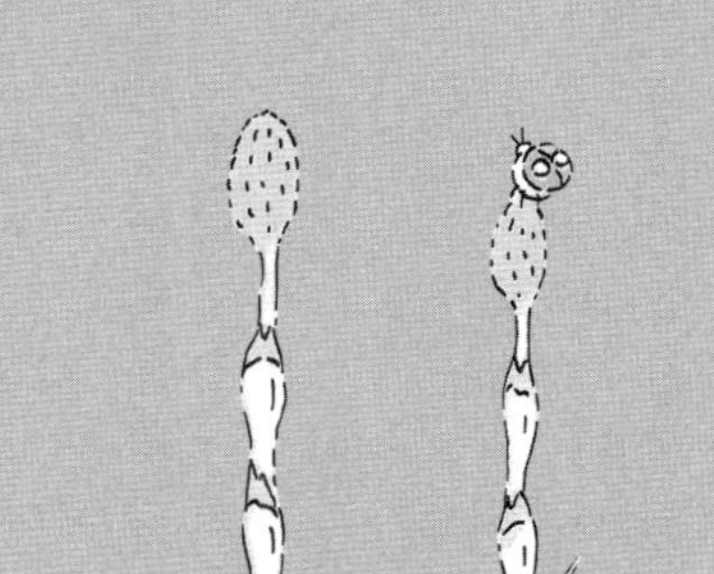

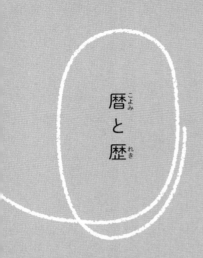

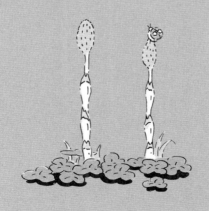

となりの席《せき》の床井《とこい》くんに、暦《こよみ》は手をやいている。

「今、ウンコしてきたんだけど」

たとえば休み時間の終《お》わりに、床井くんは突然《とつぜん》そういうことを言いだすので、反応《はんのう》に困《こま》る。

「そしたらトイレットペーパーが逆向《ぎゃくむ》きについてやんの。あれ、地味《じみ》にへこむんだよな」

「……あ、そうですか」

暦がそう答えると、床井くんは「うひゃひゃひゃひゃ」って、笑《わら》いだす。

「そうですか、だって！　ウンコにそうですか！　ミケはまじめだなぁ」

じゃあ、なんて言えばよかったんだろう。

暦《こよみ》は「まじめ」って言われるのがあんまり好《す》きじゃない。ノリが悪《わる》いって言われているみたいだからだ。でも、床井《とこい》くんは「まじめ」な暦のことを、「おもしろい」って言って笑《わら》ってくれる。だから、床井くんに「まじめ」って言われるのは、悪くないと思っている。

床井くんは、黙《だま》ってさえいれば、そこそこかっこいい男子だ。だけど、かっこいい男子は、ふつう、教室で女子に向《む》かって「ウンコ」なんて言わない。……たぶん。

暦はどうしても気になって、床井くんに聞いた。

「トイレットペーパー、ちゃんともとにもどした？」

すると床井くんはまたゲラゲラ笑いだし、ちゃんと答えてくれなかった。

床井くんは、六年生のクラスがえで、最初《さいしょ》にとなりの席《せき》になった男の子だった。

算数のノートに書かれた暦の名前を見て、

「名前の字、似《に》てるな」

と、親しげに声をかけてきた。床井《とこい》くんの下の名前は「歴《れき》」という。

暦《こよみ》はそのとき、

「わたしもそう思ってた」

と、言っていいものかどうか、悩《なや》んだ。

だって、この子はたった今、暦の名前に気がついたようなのだ。だけど暦は、その子の名前をずっと前から知っていた。

自分だけが一方的《いっぽうてき》に、「ずっと前から知っていた」なんて……。なんだか癪《しゃく》じゃないか。

暦は辞書《じしょ》で調《しら》べた「癪」という漢字《かんじ》をノートに書き出してみた。やまいだれの中に、積《つ》もるという漢字が入っている。いったい、なにが積もっているというのだろう。暦は首をかしげる。

床井くんは足が速《はや》くて、勉強《べんきょう》は苦手《にがて》だけど、明るくてよくしゃべるから、男子にも女子にも人気がある。学校で「トコイレキ」という名前をよく耳にする。まるで「トコイレキ」が流行語《りゅうこうご》のようだと暦は思う。

その日、床井《とこい》くんは続《つづ》けて言った。

「さんけた？」

「みけたです。三ケ田暦《みけたこよみ》」

「みけたか！　じゃあミケだなっ」

なにそれ、猫《ねこ》みたい。でも、男の子からニックネームで呼《よ》ばれたのははじめてだった。じわじわうれしくなってきて、暦はどういう顔をしたらいいかわからない。

それから床井くんは暦を「ミケ」と呼ぶようになった。


六年二組の女子のなかで、暦はいちばん背《せ》が高い。五年生のときもそうだった。

五年生のときは、「デカ女」とか、「巨人族《きょじんぞく》」とか、幼稚《ようち》なことを言っていじめてくる男子がいて、すごくうっとうしかったけれど、六年生になったとたんに、そういうことは言われなくなった。

それはたぶん、床井くんのおかげだ。

「いいなぁ、ミケは大きくていいなぁ」

毎日、毎日、人気者《にんきもの》の床井《とこい》くんが本当にうらやましそうにそう言うから、大きいことをバカにできない空気ができあがった。

床井くんは、クラスの男子でいちばん背《せ》が低《ひく》い。

女子を入れても、超小柄《ちょうこがら》な小森《こもり》さん以外《いがい》は、床井くんよりも大きい。小森さんと床井くんが並《なら》ぶと、小動物《しょうどうぶつ》が寄《よ》り添《そ》っているみたいで、とても愛《あい》らしい。と、暦《こよみ》は思う。

「ミケはロングロングヘアーだよな」

今日もとなりの席《せき》から、床井くんが熱心《ねっしん》に話しかけてくる。四年生のときから、暦は一度《いちど》も髪《かみ》を切っていない。背中のまんなかあたりまで、長く伸《の》びている。

「おれはロングロングアゴーだけどな」

「ぶっ」

暦は笑《わら》ってしまった。たしかに床井くんは、あごが平均《へいきん》よりもやや長いかもしれない。そういうことを自分で言うのは、勇気《ゆうき》がいることだと暦は思う。床井くんはすごい。

「おっ、ミケが笑《わら》った。今日はきっといいことがあるな」

床井《とこい》くんが笑いかけてくれたので、今日はすでにいいことがあったなと、暦《こよみ》は思った。


暦にはひとつ年下の妹がいる。

なごみという名前だ。

でも、本当は妹じゃない。正確《せいかく》に言うと、なごみちゃんは暦のおかあさんの妹の娘《むすめ》だ。つまり、暦の妹ではなく、イトコということになる。だから、暦は「三ケ田《みけた》」だけど、なごみちゃんは「佐藤《さとう》」。名字が違《ちが》う。でも、赤ちゃんのときからずっといっしょに住《す》んでいるし、おたがい、ほかにきょうだいがいないこともあって、もうほとんど姉妹《しまい》みたいなものだ。だから、学校のだれかから、「妹がいるの？」と聞かれたら、「うん」と答えてしまいそうになることもある。

暦のママとなごみちゃんのママは、双子《ふたご》の姉妹だ。結婚《けっこん》して離《はな》ればなれになるのがさみしくて、少し大きな家を買って、それぞれの旦那《だんな》さんといっしょに四人で暮《く》らすことにした。そこに生まれたのが、暦《こよみ》となごみちゃんだ。

そんななごみちゃんは、学校に行くときに、かならずマスクをつけていく。五年生になったあたりから、そうなった。風邪《かぜ》をひいているわけじゃない。どうしてなごみちゃんがマスクをつけているか、暦はなんとなく気づいている。

「おねえちゃんとわたしって、どうして似《に》ていないのかな」

なごみちゃんはよくそう言って、かなしそうにしている。ちなみに、なごみちゃんは暦を「おねえちゃん」と呼《よ》ぶ。ますますややこしい。

たしかに、なごみちゃんはおとうさんに似ていて、キリッとした美人《びじん》さん。

暦はおかあさんに似ていて、丸顔で、ほっぺたがふっくらしている。

母親同士《どうし》が一卵性双生児《いちらんせいそうせいじ》だけど、暦となごみちゃんの顔はまるで似ていない。背《せ》が高くてほっそりしているところなんかは、似ているんだけど。

どうして似ていないのかな、って、それはこっちのセリフだと、暦はいつも思っている。なごみちゃんの顔のほうが、よっぽどきれいなのに。

なごみちゃんは自分の顔が嫌《きら》いなんだ。どうやら、自分の鼻《はな》のかたちにコンプレックスがあるらしい。ぜいたくな悩《なや》みだなぁ。

なごみちゃんも、暦《こよみ》と同じでロングロングヘアー。器用《きよう》に髪《かみ》を編《あ》みながら、暦に話しかけてくる。暦にはそういうことはできない。いつも伸《の》ばしっぱなしだ。

「おねえちゃんのクラスに、床井《とこい》さんっているでしょう」

「いるよ。それがなにか？」

「同じ委員会《いいんかい》になったよ。保健委員《ほけんいいん》」

そうだった。床井くんは保健委員。運動神経《うんどうしんけい》がいいから、体育委員《たいいくいいん》とかをやりそうなのに、意外《いがい》な保健委員だ。

「床井さんて、変《へん》な人だね」

まったくだ。暦は大きくうなずいた。

「ほんと、変だよね」

「ふくらはぎのこと、ふっくらはぎって言うんだよ」

「床井くん？」

「そう。ふっくらしてるから、ふっくらはぎなんだって」

なのだ。

「なるほどねー」

たしかに、ふっくらしてるなぁ。床井《とこい》くんの言うことは、変《へん》だけど、たしかにそうなのだ。

床井くんと、最近《さいきん》ゲームを始《はじ》めた。『白滝《しらたき》先生のネクタイの模様当《もようあ》てゲーム☆』だ。床井くんが専用《せんよう》のノートを作って、☆印《じるし》まできちんと書いている。

「わたくしは、白滝健吾《けんご》といいます。卒業《そつぎょう》までの一年間、よろしくお願《ねが》いします」

白滝先生は、学年のはじめのあいさつのときに、そう言っていた。暦《こよみ》はちょっとびっくりした。わたくし、だなんて、そんな言い方をする先生は、ほかにいなかったから。

六年一組と、三組と、四組の担任《たんにん》の先生は、見たことのある先生だったけれど、白滝先生だけは、新しく別《べつ》の学校から来た先生だった。四十歳《さい》くらいの男の先生で、頭がちょっとはげている。

「先生はシラタキ好《す》きですか？」

すかさず床井《とこい》くんが聞くと、

「今年は、きみか」

毎年聞かれるのか、白滝《しらたき》先生は多少うんざりした調子《ちょうし》で答えた。

「シラタキは、そうですね、好《す》きかどうかと聞かれると、まぁ、ふつうですよね」

「先生、シラタキはすごいんですよ。日本の誇《ほこ》りですよ。ダイエット食として、海外セレブにも人気で」

「きみは好きなの？　シラタキ」

「ふつうですね」

先生がずっこけるのを見ながら、床井くんはにやっと笑《わら》った。

『白滝先生のネクタイの模様当《もようあ》てゲーム☆』とは、その名のとおり、その日に白滝先生がつけてくるネクタイの模様を予想《よそう》するゲームだ。

「今週の記録《きろく》は？」

床井くんがまじめくさった顔をして、暦《こよみ》に聞いてくる。暦はノートを見ながら、同じようにまじめくさって答える。

「月曜日、アリ。火曜日、ブルドッグ。水曜日、ハシビロコウ。木曜日、マンボウ」

白滝《しらたき》先生は生きものが好《す》きで、いつもそういう個性的《こせいてき》な柄《がら》のネクタイをつけてくる。ウケを狙《ねら》っているわけではなくて、自分の趣味《しゅみ》みたいだ。

「ハシビロコウには、びびったな。どこで見つけたんだろう」

「マンボウもなかなかだけど」

ハシビロコウは、大きな鳥だ。めったに動《うご》かないことで有名《ゆうめい》で、見ためはペリカンに少し似《に》ている。

「今日はシンプルに、アルマジロだな」

「……アルマジロのどのへんがシンプルなの？」

「わかんないけど」

暦《こよみ》がアルマジロの絵をノートに描《か》くと、

「ミケは絵がうまいなぁ。アルマジロの絵なんか、ふつう描けないぞ」

と、床井《とこい》くんは感心《かんしん》した。

「ボクはイルカかクジラだと思う」

突然《とつぜん》、前の席《せき》の鎌田《かまた》くんが会話に入ってきた。

「なんで？」

鎌田くんはメガネをくいっと上げて、説明《せつめい》してくれた。

「毎週、木曜日と金曜日は海洋系《かいようけい》なんだよ。先生はきっと、週末《しゅうまつ》になると海が恋しくなるんだ。ああ見えて、サーファーだから」

「ええっ、先生ってサーファー？」

「海を愛《あい》する男だよ」

「でも、なんでイルカかクジラ？　ニジマスかもしれないだろ」

「ニジマスは川魚だから」

床井《とこい》くんのボケに、鎌田くんは的確《てきかく》につっこんでいる。

「今週は月曜日から、生きものが徐々《じょじょ》に巨大化《きょだいか》している。先生はきっと、週末が近づくと気が大きくなるんだ」

「マジか」

「そんな傾向《けいこう》が」

鎌田《かまた》くんは物知《ものし》りで、「博士《はかせ》」というあだ名がつくタイプの男の子だ。しかし、このクラスでは博士ではなく「教授《きょうじゅ》」と呼《よ》ばれている。

「さすが教授」

「でも、ハシビロコウとマンボウって、マンボウのほうが大きいのかな」

「マンボウってバカでかいんだぜ。おれ、食べたことあるし」

「ウソ。食べられるの？　どこで？」

「親せきんち。丸ごと買ってた」

「丸ごと!?」

「そんなことより、ボクは疑問《ぎもん》なんだけど、先生はネクタイを何種類《なんしゅるい》持《も》っているんだろう。このゲーム始《はじ》めてから、同じの一度《いちど》もつけてこないよな」

そうか、鎌田くんもなにげにゲームに参加《さんか》していたのか。暦《こよみ》はちょっとうれしくなった。

「おはようございます！」

三人でまとまりのない会話をしていると、白滝《しらたき》先生が教室に入ってきた。

「あっ」

「先生、それ反則《はんそく》！」

「でも、おしい！」

今日は五月一日。五月といえばこどもの日だ。ネクタイの中で真鯉《まごい》と緋鯉《ひごい》がおもしろそうに泳《およ》いでいたのだった。

おっぱいについて

同じクラスに、遠矢《とおや》くんという男の子がいる。みんなから、トーヤって呼《よ》ばれている。

暦《こよみ》ははじめ、なんとかトーヤ、っていう名前なんだと思っていた。でも、遠矢は名字のほう。下の名前は、俊春《としはる》。遠矢くんは、としはる、というよりは、トーヤって感《かん》じがするのだった。

遠矢くんは、床井《とこい》くんとはまた別《べつ》の方向《ほうこう》に、個性的《こせいてき》な子だ。

六月に、教育実習生《きょういくじっしゅうせい》の若《わか》い女の先生が、暦たちのクラスにやってきた。木月《きづき》かりん先生という名前で、目がこぼれ落《お》ちそうなくらいに大きくて、とてもおとなしそうな先生だった。木月《きづき》先生が教室に入ってきたとたん、遠矢《とおや》くんは言ったのだ。

「すげーっ、巨乳《きょにゅう》じゃん！」

そのとたん、教室がしーんと静《しず》まり返《かえ》ってしまった。

ときどき、休み時間なんかに、ざわざわしていた教室から、突然《とつぜん》ピタリと声が消《き》える瞬間《しゅんかん》がある。そういうとき、「えっ？　どうして静かになっちゃったの？」って感《かん》じで、そのクラスにいたみんなが顔を見合わせるのだ。そしてその直後に、「なに、今のー」って、けらけら笑《わら》う。どうしてそういうことが起《お》きるかというと、全員《ぜんいん》がいっせいに息《いき》を吸《す》ったからだとか、幽霊《ゆうれい》や天使《てんし》が通ったせいだとか、そんなふうに言われている。

そういう「不意《ふい》の沈黙《ちんもく》」をはるかに上まわって、まったく声も物音《ものおと》もしなかった。でも、通ったのが天使ではないことはたしかだ。

いっしょに入ってきた白滝《しらたき》先生は、「まはっ」って、よくわからない声を出して、そこにいただれよりも動揺《どうよう》していた。

たしかに、木月先生のおっぱいはとても大きかった。暦《こよみ》のおかあさんのおっぱいの、五倍《ばい》くらいの大きさがある。まるでテレビに出ているグラビアアイドルみたいだと、暦《こよみ》は思った。

でも、そういう人の身体《からだ》に関《かん》することは、ふつうは口に出しては言わない。暦は「巨人《きょじん》」って言われて傷《きず》ついたことがあるから、そういうのがいけないことなんだって、よくわかる。だけど、遠矢《とおや》くんにはそういうことがわからないらしいのだ。

暦がハラハラして横《よこ》を見ると、床井《とこい》くんと目が合った。「やべぇ」って顔をしていた。

救《すく》いだったのは、木月《きづき》先生がにやっと笑《わら》って、

「そう、メロンみたいでしょ？」

って、言《い》い返《かえ》したこと。

「メロンだって」

「ウケる」

クラスの盛《も》り上《あ》げ役《やく》の男子たちが、何人かでそう言った。

こおりついた教室の空気は、すぐに解《と》けた。もしかしたら木月先生は、「巨乳《きょにゅう》」っ

て言《い》われ慣《な》れているのかもしれない。そんなに傷《きず》ついていないかも。大人の女の人は、胸《むね》が大きいほうがうれしいんだって、聞いたことがあるし、もしかしたら、「巨《きょ》乳《にゅう》」って言われて逆《ぎゃく》にうれしかったりして？　だからって、言っていいってことではないけれど……。

木月《きづき》先生はかわいくてやさしくて、おねえさんみたいな先生だった。まだ大学生でみんなと年も近い。アニメとか漫画《まんが》とかの話もよく知っていて、休み時間には楽しくおしゃべりしてくれる。

「三ケ田暦《みけたこよみ》ちゃん？　すてきな名前。いいなぁ」

って、暦の名前をほめてくれた。横《よこ》から床井《とこい》くんが、

「先生もミケって呼《よ》んでやってよ」

そんなふうに軽々《かるがる》しく、まるで猫《ねこ》の名前みたいに言う。だけどそれが床井くんだから、暦は悪《わる》い気はしない。

はじめに遠矢《とおや》くんがあんなことを言ったせいで、暦はどうしても先生のおっぱいに目がいってしまい、余計《よけい》なことを考えてしまう。あれって重《おも》くないのかな、とか、自

分もあんなに大きくなったりしたら、どうしよう、とか。暦《こよみ》は生理になるのは早かったけれど、胸《むね》はそれほど大きくならない。

ところで、あの日以来《いらい》、遠矢《とおや》くんはクラスの女子を敵《てき》にまわした。

クラスでいちばんおっぱいが大きい（と暦が思っている）沢井《さわい》さんを中心に、

「一回、死《し》んだほうがいいよね」

って、けっこう過激《かげき》なことを言われている。

たしかに暦も、「巨人族《きょじんぞく》」って言われたときには、言ったその男子に対《たい》して、「死ねばいいのに」って思ったりもした。でも、「思う」のと「言う」のとでは、やっぱり違《ちが》うと思うのだ。一度《いちど》言ってしまうと、その言葉《ことば》はもう回収《かいしゅう》できないし、まわりの人たちにどんどん影響《えいきょう》を与《あた》えていってしまうと、暦は思う。

現《げん》に、沢井さんが「トーヤって、最悪《さいあく》だよね」って言ったら、ほかの女子たちも、

「だよね！　エロすぎ」

「わたしもそう思った！」

って、つられるみたいに、言いはじめた。正直、暦も「そうだな」って思った。死ん

だほうがいいとまでは、思わないけれど。

悪口《わるくち》を言っているときの人の顔や、その場の雰囲気《ふんいき》が、暦《こよみ》はあまり得意《とくい》ではない。あの、内緒話《ないしょばなし》を共有《きょうゆう》しているみたいな、ちょっと親密《しんみつ》そうな感《かん》じ。同じように言わないと、仲間《なかま》には入れてもらえなそうな感じ。暦はそういうのにはあまり関《かか》わりたくない。自分が自分でなくなってしまいそうな感じがするからだ。だけど、そういう雰囲気をあんまり出してしまうと、まるでいい子ぶっているみたいで、それもなんだか居《い》心地《ごこち》が悪い。

あの「おっぱいメロン事件《じけん》」のあと、遠矢《とおや》くんは白滝《しらたき》先生にしかられたみたいだけど、ちっともこりていない。

たとえば、クラスのだれがブラジャーをつけていて、だれがまだつけていないか、体育《たいいく》のときに背中《せなか》を見てチェックしているようだし、スカートで体育座《たいいくずわ》りをしている女の子がいると、そういう子の正面《しょうめん》にまわって、さりげなくスカートの中をのぞこうとしたりもする。

五年生のときに、遠矢くんにスカートの中を見られて、どういう色のパンツをはいているか、クラスじゅうに言いふらされてしまった女の子がいたらしい。そのことが親の間でトラブルになってたいへんだったって、だれかが言っていた。

暦《こよみ》は、おかあさんが「最近《さいきん》は危《あぶ》ない大人がいるから」と言って、かならずスカートの下にショートパンツかレギンスをはくように言われている。間違《まちが》ってだれかに下着《したぎ》を見られてしまったら、たいへんだからだ。そういうことをしっかり教えてくれるおかあさんでよかったなって、暦は安心《あんしん》している。

それはともかく、遠矢《とおや》くんはどうしてあんなにエッチなんだろう。暦は床井《とこい》くんとふたりのときに聞いてみることにした。

床井くんといっしょに給食当番《きゅうしょくとうばん》になったとき、給食のワゴンがエレベーターで上がってくるのを待《ま》ちながら、暦は床井くんに話しかけた。

「遠矢くんって、どうしてあいうこと言うのかな」

「この前の、メロンのやつ？」

「そうそう」

「我慢《がまん》できないんじゃね？　男子はけっこうみんな同じこと思ったけど、言うのは我慢したじゃん。つーか、言えねぇよ、ふつう。言ってどうすんだ」

「えっ、同じこと思ったの？」

「そりゃ、思う義務《ぎむ》はあるだろ」

「……権利《けんり》？」

「それそれ」

そうか、そういうものか。遠矢《とおや》くんは単《たん》にしゃべるのを我慢《がまん》できない子なのか。

床井《とこい》くんは腕《うで》を組みながら言った。

「なんか、おもしれーよな。おもしれーっていうか、こえーよな」

「遠矢くんが？」

「トーヤはでっかいおっぱいが好《す》きなんだよ」

でっかいおっぱい。床井くんがまじめな顔で言うと、なぜかあんまりいやらしくない。

「だから、あれはいちおう、ほめたつもりなんだ。先生、ミリョクテキー！　ってさ、ほめたつもりなんだよ。でも、みんなに嫌《きら》われただろ？　そういうのって、こえーよな。悪気《わるぎ》がないのに、傷《きず》つけてる」

給食当番用《きゅうしょくとうばんよう》のマスクの下でフゴフゴ言っていたけれど、床井《とこい》くんはとても深《ふか》いことを言っている。不快《ふかい》ではなく、深いことを。

「木月《きづき》先生、やっぱり傷ついたのかな」

「うん、あのあと職員室《しょくいんしつ》で泣《な》いてるとこ、教授《きょうじゅ》が見たって」

「ええっ」

暦《こよみ》は衝撃《しょうげき》を受《う》けた。教室ではちっとも気にしているように見えなかったのに。もしかしたら喜《よろこ》んでいるかもなんて、思ってしまった自分が最悪《さいあく》だと思いながら、暦はつぶやいた。

「こわ……」

「な？　一度《いちど》やっちゃって怒《おこ》られたから、よくないことだって、わかったかもしれないけど、そういうことって無限《むげん》にあるわけじゃん。むずかしいよな」

「そうだよね。いろんなパターンがあるもんね」

「大人になったら、全部《ぜんぶ》わかるようになるのかな」

どうだろう。暦《こよみ》にはよくわからない。失敗《しっぱい》をたくさんしたら、そのぶんだけすごい大人になれるのかもしれない。でも、そのためにまわりの人を犠牲《ぎせい》にしそうだ。今回は木月《きづき》先生のおっぱいが犠牲になった。

「今回はたまたまトーヤだったけど、おれたちもいつかやっちゃうかも」

「……やっちゃわないように、気をつけるよ」

「まぁでも、やっちゃわないと、学べないけどな。あ、やっべー、今日ジャージャー麺《めん》じゃん、じゃんじゃん食お」

ワゴンが到着《とうちゃく》したので、暦は床井《とこい》くんと力を合わせて教室に運《はこ》んだ。ジャージャー麺の日は、床井くんのテーマソング『じゃんじゃん食おう、ジャージャー麺』が聴《き》けるので、うれしい。

遠矢《とおや》くんのこと、暦はあんまり好《す》きじゃなかったけど、床井くんがそう言うなら、ちょっとだけ別《べつ》の見方ができそうな気がした。そんなふうに思わせる床井くんって、すごいなぁ。

失《うしな》われた羽

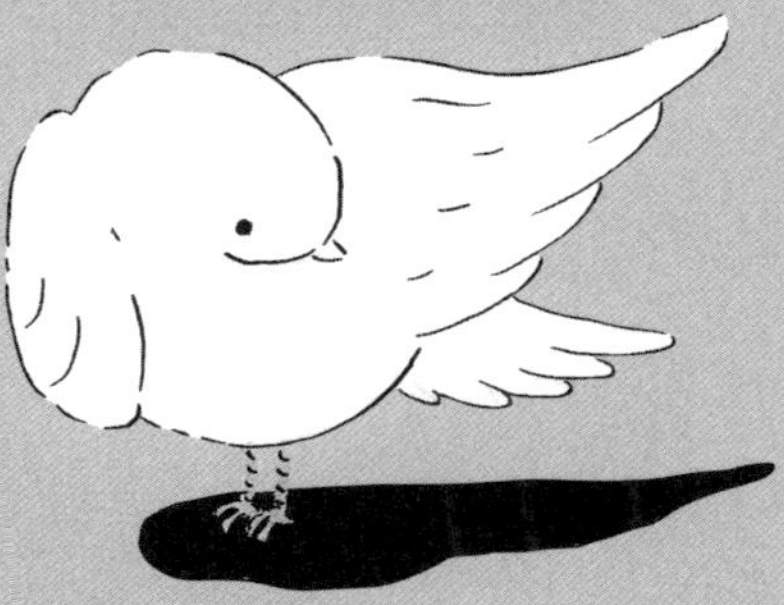

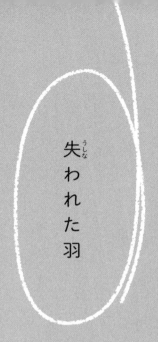

暦《こよみ》たちの学年に、ひと組だけ双子《ふたご》の姉妹《しまい》がいる。

暦のおかあさんも双子なので、暦にとっては気になる存在《そんざい》だ。

双子のうち、おねえさんのほうは暦と同じクラス。名前は羽根梨華《はねりか》ちゃん。みんなからフルネームで「ハネリカ」って呼《よ》ばれている。ただフルネームで呼ばれているだけなのに、なんだかカリスマ性《せい》のありそうな響《ひび》きで、暦はうらやましい。

妹のほうは、暦とは別《べつ》のクラスだ。そもそも、双子のふたりが同じクラスになったところを、暦は見たことがない。ひょっとして先生たちの計算だろうか。同じ顔の子が教室の中にふたりいたら、混乱《こんらん》しちゃうから？

妹のほうは、みんなからはふつうに「羽根さん」って呼ばれている。

ハネリカと羽根《はね》さんは、「なんちゃって姉妹《しまい》」の暦《こよみ》となごみちゃんとは違《ちが》って、それはもうそっくりだ。どちらがどちらか、顔だけだったら、暦には区別《くべつ》がつかない。髪型《かみがた》もそっくり同じセミロングだ。ただ、表情《ひょうじょう》や身《み》に着《つ》けているものや、あとは声やしゃべり方で、すぐにわかる。

ハネリカは声がすごく大きくて、自分の思ったことをなんでもはっきりしゃべるし、足が速《はや》くて、はやりのおしゃれが得意《とくい》だ。だけど、羽根さんはおとなしくって、ほとんどしゃべらない。足が速いのか遅《おそ》いのかは、暦は同じクラスになったことがないから知らないけれど、たぶん遅い。そう思ってしまうくらい、おっとりしている。洋服《ようふく》もちょっとちぐはぐで、「なんかダサい……?」と思ってしまう。

暦は、クラスメイトのハネリカとは、それほど仲《なか》よしじゃない。でも、ハネリカはリーダーシップがあって気も強いし、クラスでいちばん目立っている女子だから、うまくつきあっていかないと、っていう気がする。

「あ、ハネリカのキーホルダー、かわいいね。フワフワの天使《てんし》の羽だ」

「ほんとだ、どこで買ったの?」

いつもハネリカといっしょにいる立見《たつみ》さんと川澄《かわすみ》さんが言った。ハネリカは得意《とくい》そうに、

「いいでしょー。ママが買ってくれたの。ちょっと大きすぎるかなって思ったんだけど……」

「そんなことないよー。そのくらい大きいほうがかわいいよ」

「いいなぁ、そういうかわいいのが似合《にあ》って」

「べつにそんなことないよ」

「もしかして、由梨《ゆり》っぺもおそろい？」

近くで聞いていた暦《こよみ》は、うっ、と思った。「由梨っぺ」というのは、妹のほうの羽《は》根《ね》さんのあだ名。あだ名なんだけど、本人の前では呼《よ》ばれないあだ名だ。なぜなら羽根さんを由梨っぺと呼ぶのは、羽根さんのことをバカにするときだけだから。

「えー、そんなわけないじゃん」

「そうだよ。由梨っぺ、こういうの嫌《きら》いそうじゃん」

「ハネリカんちに遊《あそ》びに行っても、いつも本ばっかり読んでて、わたしたちのことバ

カにしてるじゃん」

「そう、そう」

「双子《ふたご》なのに似《に》てないよねぇ」

くすくすくす。

そうだろうか。暦《こよみ》は心の中で頭をかかえてしまう。バカにしているのは、羽根《はね》さんのほうなの？　暦にはそうは思えなかった。少なくとも、羽根さんは言葉《ことば》に出してバカにしたりはしない気がする。でも、立見《たつみ》さんも川澄《かわすみ》さんもそう感《かん》じているのなら、実《じつ》は羽根さんにもそういう部分《ぶぶん》があるのかな？

今、勇気《ゆうき》を出して「わたしはそうは思えない」って言ってみたらどうだろうか。そんな考えがちらりと頭に浮《う》かんだけれど、もちろん口には出せないのだった。

そのキーホルダーが消《き》えたのは、その日のお昼のことだった。

「すみませーん！　聞いてくださーい！」

「ハネリカのキーホルダー、どこかで見た人いませんかー？」

机《つくえ》を班《はん》のかたちからもとにもどしていた暦《こよみ》は、おやっと思った。あんなに大きなものが、なくなったりするだろうか。立見《たつみ》さんと川澄《かわすみ》さんは、ハネリカのかわりに大声で呼《よ》びかけている。

「体育《たいいく》からもどったら、なくなってたんだって」

「どこかに落《お》ちてない？」

暦がふとハネリカのほうを見ると、すぐ近くにいて、ばっちり目が合った。

ハネリカは暦に向《む》かってなにか言いたそうな表情《ひょうじょう》で、一度《いちど》口を開《あ》けたけれど、また閉《と》じた。

「落《お》とし物《もの》ボックスは？」

暦はハネリカに聞いてみたけれど、答えがかえってこない。聞こえなかったのかな、と思って、暦はもう少し大きな声で言い直した。

「落とし物ボックス、見た？」

それでも返事《へんじ》がかえってこなかったから、あ、もしかして無視《むし》されてる？　って、気がついた。暦は無視されたことにおどろいてなにも言えなかったけれど、瞬時《しゅんじ》にさとった。

どうやらわたしが疑《うたが》われている。

なんで？　どうしてだろう。あのとき、近くで話を聞いていたからだろうか。たったそれだけで？

クラスのみんながざわざわしはじめた。「そうなの？」「なんで？」「三ケ田《みけた》さん？」「しーっ。聞こえるよ」

ああ、気が遠くなる。このまま、自分がとったのではないと証明《しょうめい》できないまま、教室でひとりぼっちで過《す》ごしている自分。かなりみじめだ。

「アホか。ミケはそんなことしないぞ」

床井《とこい》くんが憤慨《ふんがい》して言ってくれたので、暦《こよみ》はちょっとだけ心が軽《かる》くなった。だけど、自分がとったんじゃないっていう証拠《しょうこ》はない。床井くんに向《む》かって、ハネリカが言った。

「でも、体育着《たいいくぎ》に着がえたあと、最後《さいご》に教室を出たの、三ケ田さんだった」

「おれに言うなよ。ミケに言えよ」

「さっきわたしたちが話してたとき、こっち見てたし」

「だから、ミケに直接《ちょくせつ》言えって」

ハネリカはあくまでも暦《こよみ》には話しかけたくないらしい。

たしかに、体育《たいいく》の前の休み時間、この教室から最後《さいご》に出たのは暦だった。暦は着《き》がえるのが遅《おそ》いし、ほかの子といっしょに移動《いどう》したりしない。友だちがいないというのではない。クラスのみんなと友だちだ。でも、トイレに行きたいときはひとりで行くし、ひとりでいるのがはずかしいとは思わない。そういう性格《せいかく》なのだ。でも、このときほど、だれかといっしょにいればよかったと、思ったことはなかった。

「わたし、とってないよ」

だってあれ、あんまりかわいいと思わなかったし。なーんて言ったら、ハネリカは怒《おこ》りだすだろう。それでかわりにこう言った。

「ああいうかわいいのって、わたしには似合《にあ》わないし」

そう言ってみて、暦はいやだなと思った。ああいうかわいいのは、ハネリカにしか似合わない。そう言っているようなものだ。気の遣《つか》い方《かた》が、わざとらしい。

ハネリカはそう言われて悪《わる》い気はしなかったみたいで、はじめて暦《こよみ》のことを見て言った。

「ほんと？」

「うん」

「……そっか。ごめん、疑《うたが》って」

ハネリカは、あっさり謝《あやま》った。

暦はハネリカと仲《なか》よしじゃなくても、こういうところは好《す》きだった。人の言うことをちゃんと信《しん》じてくれるのだ。ただ、さっきみたいに少しおだてられてからじゃないと、素直《すなお》になってはくれないのだけれど……。

ハネリカの後ろで、立見《たつみ》さんと川澄《かわすみ》さんが、不満《ふまん》げな顔をしている。そういえば、いつも羽根《はね》さんの悪口《わるくち》を言っているのは、ハネリカというよりは、どちらかというとこのふたりのほう。

でも、暦だって、さっきハネリカの機嫌《きげん》をとるようなことを言ってしまったので、人のことは言えないのだった。

そのとき、教室の前のドアから、意外《いがい》な人物《じんぶつ》が顔をのぞかせた。

「梨華《りか》ちゃん、いる？」

妹のほうの羽根《はね》さんだった。そして、羽根さんが手に持《も》っているものを見て、その場にいた何人かが、

「あっ」

と言った。天使《てんし》の羽！　ハネリカがあわてて妹にかけよる。

「由梨《ゆり》ちゃん、それ……」

「さっきの休み時間に、廊下《ろうか》に落《お》ちてたよ」

「エッ、ウソ」

ハネリカは動揺《どうよう》している。

「だめじゃん、落としたら。せっかくおそろいで買ってもらったばっかりなのに」

「ごめん、ごめん」

弱気なはずの妹に、勝《か》ち気《き》なハネリカがしかられている。

それを見て、みんなの目が点になっている。主《おも》に、立見《たつみ》さんと川澄《かわすみ》さんの目が。

その理由《りゆう》は暦《こよみ》にも想像《そうぞう》ができた。だって、妹とおそろいなんかじゃないって、さっき言ってたもんね。

それにしても羽根《はね》姉妹《しまい》って似《に》ているなぁ。暦となごみちゃんのおかあさんたちも、子どものころの写真《しゃしん》はそっくりだった。今は髪型《かみがた》とか体型《たいけい》とかのせいで、それほどでもないけれど。もちろん、いっしょに住《す》んでいても、ふたりを間違《まちが》えることなんて、どう考えてもありえない。

妹が自分の教室に帰ったあと、ハネリカは気まずそうにこちらにもどってきた。そしてまずは暦に謝《あやま》った。

「三ケ田《みけた》さん、ごめん。ありました」

「うん、よかったね」

これで終了《しゅうりょう》。暦とハネリカは大丈夫《だいじょうぶ》だ。だってもともとそれほど仲《なか》よくないから、こじれるほどの関係性《かんけいせい》が、ないのだった。問題《もんだい》は、あっちだ。

立見《たつみ》さんと川澄《かわすみ》さんは、顔を強張《こわば》らせている。

暦は推測《すいそく》した。つまりこういうことだ。立見さんと川澄さんは、ハネリカの機嫌《きげん》をとるために、冴《さ》えない妹である「由梨《ゆり》っぺ」の悪口《わるくち》を言ってあげていた。ハネリカもきっと、クラスでのふたりとの関係《かんけい》を優先《ゆうせん》させて、本当は仲《なか》よしの妹の悪口を聞いてあげていた。

うわー、どうなっちゃうの？

ドキドキしながら成《な》り行《ゆ》きを見守《みまも》っていると、床井《とこい》くんが笑顔《えがお》で話しかけてきた。

「ミケ、よかったじゃん。疑《うたが》いが晴れて」

「床井くん。そういえば、さっきはありがとう」

「いいってことい」

なにを言っているんだろう。あ、もしかして、

「……いいってことよ？」

「それそれ。さすがミケ」

「わかりにくいよ」

床井くんのボケに気を取《と》られて、暦《こよみ》は一瞬《いっしゅん》ハネリカたちのことを忘《わす》れてしまった。

気がついたら、いつもみたいに三人で楽しそうにおしゃべりしていた。ホッとした

ような、がっかりしたような。がっかりっていうのは、三人の関係《かんけい》がもとにもどったことにではなくて、関係がもとにもどる瞬間《しゅんかん》を見逃《みのが》したことにがっかりしたのだ。

それ以来《いらい》、羽根《はね》さんの「由梨《ゆり》っぺ」というあだ名は聞かなくなった。

文《ぶん》具《ぐ》のかみ

学校のとなりに、『文具《ぶんぐ》のかみ』という文房具店《ぶんぼうぐてん》がある。

加美《かみ》さんという、ちょっと変《か》わった名字の家が代々《だいだい》やっている店で、となりの小学校に通う子どもたちは、ノートや筆記用具《ひっきようぐ》などの文房具をここで買うことになっている。

一年生のころ、たいていの子は看板《かんばん》を見て、

「文具の紙」

だとかんちがいする。

そのせいか、入り口のガラス戸に、へたくそな字で貼《は》り紙《がみ》がしてあるのだ。

「注《ちゅう》・紙以外《いがい》もあります」と。

学校の帰りに買《か》い物《もの》をすることは禁《きん》じられていたけれど、『文具《ぶんぐ》のかみ』だけは特《とく》例《れい》で、寄《よ》ってもかまわないことになっていた。

その『文具のかみ』で、暦《こよみ》は床井《とこい》くんに会った。

「あれ、ミケじゃん」

「床井くんだ」

暦は学校帰りにノートを買いに寄ったのだけれど、床井くんは一度《いちど》家に帰ったあとのようで、大人といっしょにいた。さっぱりと短《みじか》くした髪《かみ》の毛《け》が印象的《いんしょうてき》な、かっこいいおじさんだ。かっこいいけれど、ちょっとだけあごが長い。

「ドーモ、コンチワ」

おじさんはそう言って、いきなり親しげに暦に笑《わら》いかけた。暦は少しとまどう。知らない大人は要注意《ようちゅうい》だ。

「え、こんにちは（だれ？）」

床井くんに目で聞くと、

「うちのとうちゃん」

と言った。うそー。

「えー、ほんと？」

「本当。歴《れき》とおじさん、血《ち》のつながった親子」

おじさんはそう言って、床井《とこい》くんの肩《かた》に手をおいた。床井くんはそれを振《ふ》り払《はら》う。

「暑《あつ》い」

うざい、とか、きもい、とかじゃなくて、暑いと言うところが、なんかちょっといいなと暦《こよみ》は思った。

「歴と同じクラスの子？」

「はい。三ケ田《みけた》です」

「ミケって呼《よ》ばれてるんだ」

クラス全員《ぜんいん》が呼んでいるような言い方をするけど、現時点《げんじてん》では床井くんしか呼んでいない。

「ミケも買《か》い物《もの》？」

「うん。漢字《かんじ》のノートがなくなったから。床井くんは？」

「とうちゃんのつきそい」

「つきそい？　なんで？」

「うちのとうちゃん、替《か》え芯《しん》が買えない男なんだ」

「替え芯が、買えない男」

思わず繰《く》り返《かえ》す。深夜《しんや》ドラマのタイトルみたいだ。深夜ドラマなんか、見たことはないけれど。

「替え芯って、ボールペンとかの？」

「そうそう。同じメーカーの、同じ種類《しゅるい》の、同じ太さのを選《えら》ばなきゃ、合わなくて使《つか》えないんだけど、二回買《か》い間違《まちが》えて、ボールペンも使えないし、とうちゃんも使えないねっつってかあちゃんがキレたから、いっしょに来てやったんだ」

「わたし、替え芯って買ったことないかも。むずかしそうだね」

暦《こよみ》がそう言うと、おじさんは味方《みかた》ができたことを喜《よろこ》んでいるようだった。

「そうそう。意外《いがい》とむずかしいんだ。一本ずつ小さな袋《ふくろ》に入ってて、種類別《しゅるいべつ》にアルファベットや数字が並《なら》んでいてさ」

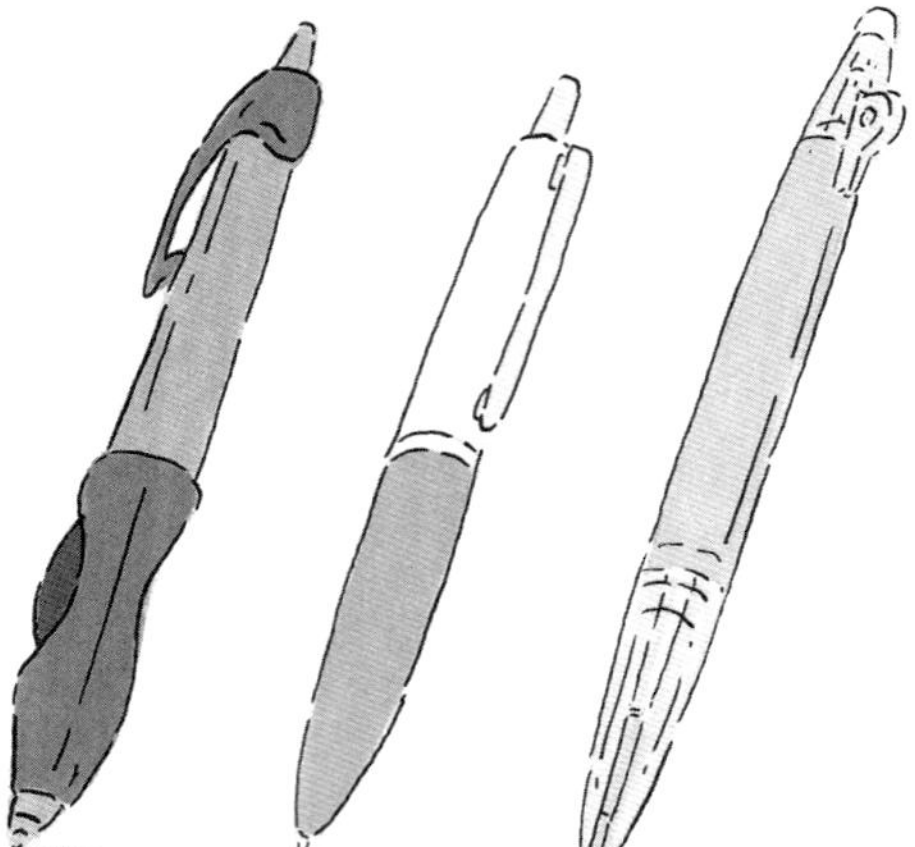

「お店の人に聞いたらいいんじゃないです?」

「な? ミケもそう思うだろ?」

床井《とこい》くんはあきれたように、肩《かた》をすくめた。

「とうちゃん、店の人にそういうのを聞くのが嫌《きら》いなんだ」

「できるところまで自力で解決《かいけつ》するっていうのが、人生のテーマなんだ」

「とうちゃんの場合は、できないところまで自力でやろうとしてるよ」

なるほど。暦《こよみ》のおとうさんも、外出先で道に迷《まよ》ったりすると、人に聞いたりせず自力で解決したがる。なんでかな。

「それで、買えたの? 替《か》え芯《しん》」

「ばっちり」

床井くんはピースサインをして、店の名前が入った紙袋《かみぶくろ》を取《と》り出《だ》した。その袋を見て、おじさんが言う。

「そういえば、おれが子どものころからこの袋だったなぁ」

「あ、とうちゃんって、生まれも育《そだ》ちもこの町だから。しかもうちの小学校の卒業生《そつぎょうせい》だし」

「へぇ。じゃあわたしたちの先輩《せんぱい》なんだね」

「そういうこと。そのころから、『文具《ぶんぐ》のかみ』にだけは寄《よ》り道《みち》してもいいっていうルールだったらしいよ」

「へぇ」

なんだかふしぎだ。そんなに昔《むかし》から、みんなで守《まも》ってきたルールがあるということ。

ふと思いついて、暦《こよみ》はおじさんに聞いてみる。

「はじめて見たとき、『文具の紙』だって思いませんでしたか？　ほら、紙のお店っていうふうに」

おじさんは真剣《しんけん》な顔でうなずいた。

「おう。だから書いてやったんだよ。紙以外《いがい》もありますって」

なんと。あの貼《は》り紙《がみ》は床井《とこい》くんのおとうさん作だったのか。

「補強《ほきょう》して、いまだに貼ってやがる」

そう言いながらも、おじさんはどこか得意《とくい》げだ。

「すごい、なんか伝説《でんせつ》みたい」

暦《こよみ》が感動《かんどう》していると、「いいこと言うねぇ。照《て》れるわ」と言いながら、おじさんは上機嫌《じょうきげん》で先に店を出ていった。

「……床井《とこい》くんのおとうさん、お仕事《しごと》なにしてる人？　会社員《かいしゃいん》じゃないでしょう」

「うん、理容師《りようし》。床屋《とこや》だよ」

暦は納得《なっとく》した。そんな感じがする。髪型《かみがた》に清潔感《せいけつかん》があった。

「じゃあおじさんは、そっちの『かみ』の専門家《せんもんか》なんだね」

「うん。髪のことには強いけど、『かみさん』には弱いんだって。これ、とうちゃんのキメぜりふ」

「……キマッてなくない？　替《か》え芯《しん》も買えないし」

「店の名前はキマッてるぜ。床屋の床井、略《りゃく》して『TOCO《トコ》－TOCO《トコ》』。かわいいだろ」

本当に意外とかわいかったので、暦はなにも言《い》い返《かえ》せないのだった。

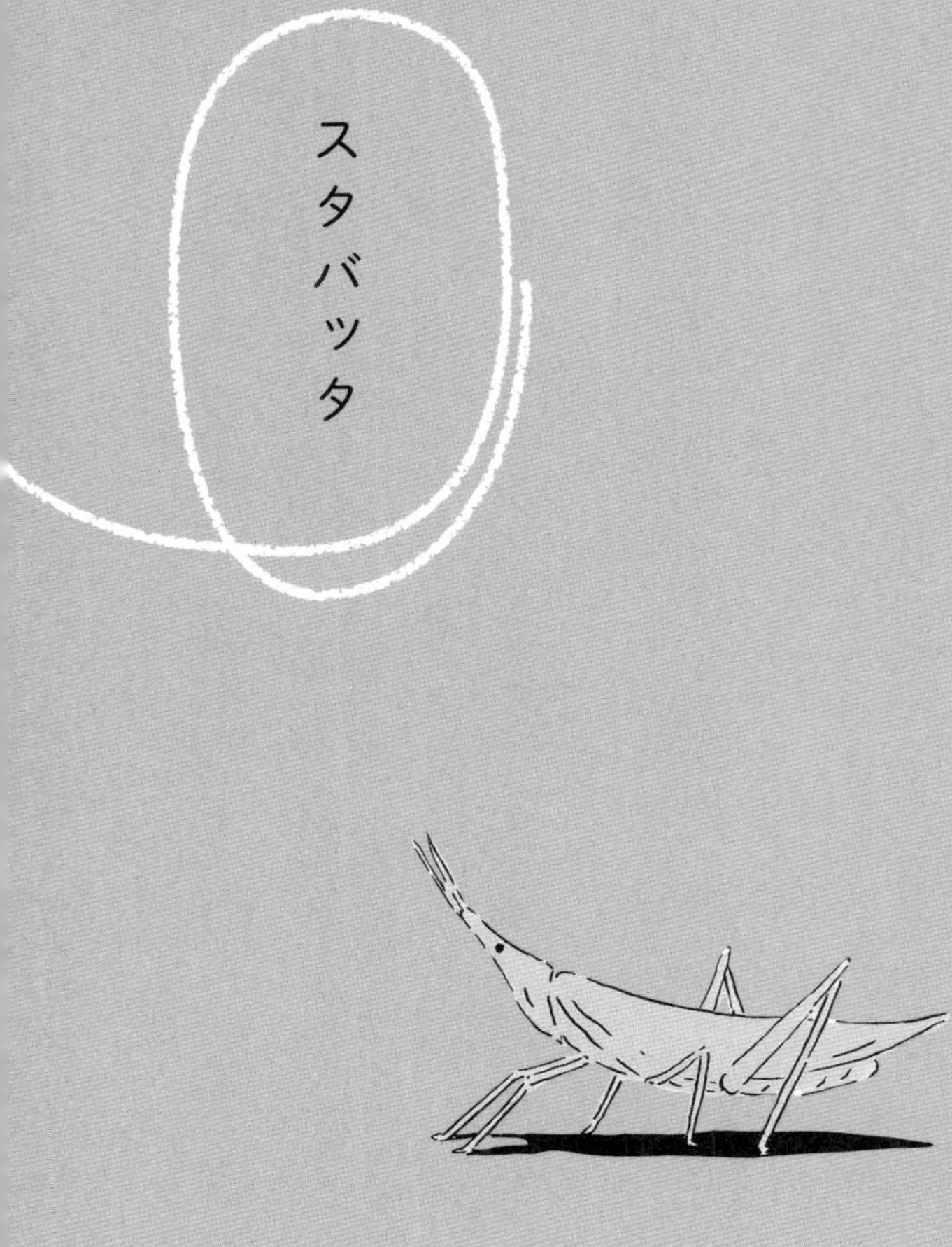
スタバッタ

六月の席替《せきが》えで、暦《こよみ》は床井《とこい》くんと席が離《はな》れた。

でも、床井くんはクラスのみんなととなりの席なんじゃないかなっていうくらい、全員《ぜんいん》と距離《きょり》が近い感《かん》じがする。床井マジックだなぁと暦は思う。

ある日の朝、床井くんがバッタを連《つ》れて学校に来た。

「床井、腕《うで》にバッタついてる！」

だれかがそう言っているのが聞こえたので見てみると、床井くんの黄色いパーカーに、緑《みどり》のバッタがついていたのだった。

てっきり床井くんもびっくりするかと思ったら、

「そうなんだよ」

と言って、なぜか照《て》れ笑《わら》いしている。

「さくら通《どお》りから、ずっとついてきたんだ」

床井《とこい》くんはそこでようやくバッタを取《と》って、しげしげとよく見ている。床井くんのまわりに、男子たちが集《あつ》まった。

「これ、なんていうバッタだっけ?」

「ショウリョウバッタかな」

「これはかわいいよな。おれ、トノサマバッタは怖《こわ》い。顔が」

「殿様《とのさま》っぽい顔なの?」

「違《ちが》うよ、大きくて豪華《ごうか》なバッタだからだろ」

「なんだ、人面《じんめん》バッタかと思った」

「コウテイペンギンが皇帝《こうてい》の顔してるかっつーの」

「こええ!」

「これはスタバッタっていうんだ」

床井くんが得意《とくい》そうに言った。

「さくら通《どお》りのスターバックスの前あたりで、おれにくっついたから」

スタバッタ。暦《こよみ》は笑《わら》いをこらえながら、こっそり話を聞いている。

「へぇ。スタバッタ」

「いいじゃん」

「飼《か》うの？」

「うちマンションだからさ、ペット禁止《きんし》なんだ」

「虫はいいだろ、べつに」

「ねえちゃんがいやがるから」

「床井《とこい》んち、ねえちゃんなんかいねぇじゃん。意味《いみ》ないウソつくな」

「ちょっと言ってみたかっただけ」

そのとき、突然《とつぜん》女子の声が混《ま》じった。

「あっ、オンブバッタじゃん！」

後田《うしろだ》さんだ。暦は我慢《がまん》できなくなって、振《ふ》り返《かえ》ってバッタで盛《も》り上《あ》がっているあたりを見た。

「小さいからオスだね」

後田《うしろだ》さんは床井《とこい》くんからバッタを受《う》け取《と》って、観察《かんさつ》している。

後田さんは、クラスの女子のなかでちょっとだけ浮《う》いている。夏でも冬でも、いつも黒いパンツをはいていて、男の子みたいに髪《かみ》の毛《け》が短《みじか》い。クラスの女子の間ではやっている漫画《まんが》にもテレビ番組にもおしゃれにもスポーツにも、ぜんぜん興味《きょうみ》がないみたい。暦《こよみ》の場合は、興味がないなと思っても、いちおう興味があるふりはするようにしている。そこが後田さんとは違《ちが》うところだ。

後田さんは虫がすごく好《す》きで、家でたくさん飼《か》っているらしい。虫が苦手《にがて》な女子って多いから、そういう子たちが後田さんを悪《わる》く言っているのを、暦は聞いたことがあった。

「ショウリョウバッタじゃねぇの？」

「ショウリョウバッタはもっと大きいし、足が長いよ。たしかにちょっと似《に》てるけど」

「へぇ」

「ちなみに、ショウリョウバッタのショウリョウって、漢字《かんじ》だと精霊《せいれい》って書くんだよ。精霊流《しょうりょうなが》しの船のかたちに似《に》ているからなんだって」

「へぇ」

「でもこれはオンブバッタ。交尾《こうび》するときにメスの上にオスがのっかるんだ」

「へぇ」

「交尾」

男子たちが「へぇ」を繰《く》り返《かえ》しながら、少しずつ引いていく。

「でも後田《うしろだ》さん、こいつはオンブしてないから。ソロ活動中《かつどうちゅう》だから。だからオンブバッタじゃなくて、スタバッタ」

床井《とこい》くんが朗《ほが》らかに言い返すと、今度《こんど》は後田さんが「へぇ」と言った。

「でも、オンブバッタって、べつにオンブしていないときでも、オンブバッタっていうんだと思うけど」

「あっ、やべ」

なにがやばいのかと思ったら、後田さんからスタバッタを返却《へんきゃく》してもらおうとした隙《すき》に、スタバッタが逃《に》げたようだった。それがクラスの女子のなかでも特《とく》に虫嫌《むしぎら》いで有名《ゆうめい》な市川《いちかわ》さんの机《つくえ》に着地《ちゃくち》したから、大騒《おおさわ》ぎになった。

「きゃあああ！」

「早くつかまえて！」

「最悪《さいあく》！」

床井《とこい》くんは、

「なんだよ、バッタくらいで大げさだな。なぁ、ミケ」

そういうタイミングで話を振《ふ》らないでほしいと思いながら、暦《こよみ》は肩《かた》をすくめた。

その日の午後には、「後田《うしろだ》さんは虫を使《つか》って男子を誘惑《ゆうわく》している」という、なんだかよくわからないうわさがたってしまっていた。床井くんではなくて、後田さんだけが悪《わる》く言われてしまうところが、暦にとっては「なんだかよくわからない」。

帰りの会のあと、一階《かい》の図工室の前の廊下《ろうか》で、後田さんがしょんぼりしているのを、暦は見かけた。

「大丈夫《だいじょうぶ》？　元気？」

とりあえず聞いてみると、後田《うしろだ》さんはイーッと歯《は》を見せて、わざとらしく笑《わら》った。

「虫が好《す》きなのって、変《へん》？」

「ううん、変じゃないと思うけど」

後田さんは顔を輝《かがや》かせた。

「三ケ田《みけた》さんは、虫、好き？」

「うーん、ゴキブリは嫌《きら》いかな」

「うちだってゴキブリは嫌いさ」

「あ、そうなんだ」

「うちがゴキブリ飼《か》ってるって、うわさになってるんだって？」

暦《こよみ》は首をかしげた。

「虫を飼っているらしいっていうのは、聞いたかな。虫の種類《しゅるい》までは特定《とくてい》されてなかったみたいだけど」

うわさに尾《お》ひれがついて本人にたどり着《つ》いたらしい。さすがの後田さんも、ゴキブリは苦手《にがて》だったか。後田さんは「けっ」という顔をして、暦にグチを言った。

「虫が嫌《きら》いっていうやつは、心が狭《せま》いと思う。犬や猫《ねこ》はかわいいのに、なんで虫はだめなわけ？　同じ生きものじゃん」

うーん、と、暦《こよみ》は考える。

「わたしは、虫が嫌いな子と好《す》きな子がいることが、ふつうだと思う」

後田《うしろだ》さんは納得《なっとく》いかなそうな顔で、暦を見た。

「三ケ田《みけた》さんも敵《てき》かぁ」

「うーん、敵とか味方《みかた》とかじゃなく。後田さん、パクチー好き？」

「は？」

「パクチー。ほら、トムヤムクンとかに入っている葉《は》っぱ」

「ああ。嫌い。なんかくさいやつでしょ？」

「好きって言う人もいるじゃん？　好きな人はすごく好きでしょ」

「うん。うちのかあさんは、パクチーとか、かなり好きだな」

「パクチーを好きな人と嫌いな人がいて、まぁべつにパクチーじゃなくてもいいんだけど、とにかくそれがふつうでしょ？」

「……うん、まぁ」

「パクチー嫌《きら》いな人ってサイテー、みたいなことにはならないでしょ？」

「うーん、生きものと食べものは違《ちが》くない？」

「パクチーも植物《しょくぶつ》だから、生きてるよ？」

「……そうだな」

「でも、好《す》きになってって言われても、好きになれないでしょ？」

「……うん」

「だいたい、後田《うしろだ》さん、同じ虫なのにゴキブリは嫌いなんでしょ？」

「……うーん」

後田さんは腕組《うでぐ》みをして、考えこんだ。

暦《こよみ》はそんな後田さんに、しっかり自分の意見《いけん》を伝《つた》えることにした。

「だから、なにかを嫌いな人が、なにかを好きな人のことを悪《わる》く言うのは違うと思うし、なにかを好きな人が、なにかを好きな気持《きも》ちを人に押《お》しつけるのも、違うと思う」

後田《うしろだ》さんはうなずいて、ちょっとさみしそうに笑《わら》った。

「なるほど。理解《りかい》」

次《つぎ》の日から、スタバッタは教室で飼《か》われることになった。床井《とこい》くんがそうしたいと言ったら、男子数人と白滝《しらたき》先生が賛成《さんせい》したからだ。その流《なが》れだと、虫が嫌《きら》いな市川《いちかわ》さんたちも反対《はんたい》できない。こういうとき、床井くんてすごいなぁと暦《こよみ》は思う。そういうのを人望《じんぼう》というのだ。

必要《ひつよう》ないれものやエサは、家でもバッタを飼っているらしい後田さんが持《も》ってきてくれた。「六年二組　スタバッタ」のラベルは、床井くんに頼《たの》まれて暦が作った。

「ミケがいちばん、字がうまいからな。長い金賞《きんしょう》だもんな」

「ふふ」

硬筆展《こうひつてん》で長い金賞をもらったことを、床井くんは覚《おぼ》えていてくれたらしい。硬筆展の金賞はクラスで八人と決《き》まっている。そのうち、短《みじか》い金賞が五人、長い金賞が三人だ。より上手に書けた人が、長い金賞を貼《は》ってもらえる。

うれしくて暦《こよみ》が笑《わら》うと、

「ミケが笑った。今日はきっといいことがあるな」

口ぐせのように、床井《とこい》くんが言う。

後田《うしろだ》さんはあいかわらず教室にひとりでいる。でも、前みたいに、虫の嫌《きら》いな子たちを敵視《てきし》したり、そういう子たちの近くで虫の写真《しゃしん》がのっているような本を広げたりはしなくなった。

そうしたら、後田さんの悪口《わるくち》を聞くことも、自然《しぜん》となくなった。

あのときの後田さんのさみしそうな笑顔《えがお》を、暦はときどき思い出す。

虫の好《す》きな女子のほうが多いクラスだったら、状況《じょうきょう》は少し違《ちが》っていたかもしれないな。

教室のスタバッタを見るたび、暦はそんなことを考える。

気まぐれ自《じ》販《はん》機《き》

夏休みだ。暦《こよみ》はなごみちゃんといっしょに、よくプールに遊《あそ》びに行く。

クラスの子とプールに行く約束《やくそく》もしていたのだけど、暦は生理が重《かさ》なってしまって、残念《ざんねん》なことに行くことができなかった。

なごみちゃんと行くのは、自転車《じてんしゃ》で家から十五分くらいの距離《きょり》の、流《なが》れるプールとウォータースライダーのある、大きなプールだ。そこからの帰り道。

「おねえちゃん、おばさんにお金もらったんでしょ？　ドラッグストアでアイス買ってこうよ」

「そうだね」

アイスくらいなら、怒《おこ》られないだろう。暦もアイスは好《す》きだ。なごみちゃんはフルーツシャーベットが好《す》きだけど、暦《こよみ》はクリーム系《けい》の濃厚《のうこう》なアイスが好き。なんとなく性格《せいかく》と逆《ぎゃく》な気がする。なごみちゃんは意外《いがい》としつこいし、暦はわりとさっぱりしている。

なごみちゃんは、夏休みが始《はじ》まったころから、鼻《はな》を隠《かく》すためにつけていたマスクを、あんまりつけなくなった。

「マスク、もうしなくていいの？」

って、暦は聞いてみようかなと思ったけれど、なごみちゃんは、たまーにあまのじゃくだから、

「じゃあ、つけるよ。つければいいんでしょ」

って言いだしかねない。だから暦はなにも言っていない。つけなくていいなら、つけないほうがいいもの。マスクをしてたら、プールにだって行けない。

ドラッグストアのある大通りまで近道をしようと、暦たちは通学路《つうがくろ》から少し外れた路地を自転車《じてんしゃ》で走っていた。塀《へい》の上を猫《ねこ》が歩いていたり、犬の散歩《さんぽ》に出会ったりすると、なごみちゃんはいちいち自転車を止めるので、なかなか先に進《すす》まない。

暦《こよみ》は最近《さいきん》、気がついたことがある。妹（本当はイトコ）のなごみちゃんは、このところずいぶん生きものが好《す》きになったみたいだ。少し前まで、あんまり興味《きょうみ》がなかったように思うけど。

何年か前だって、暦が「犬を飼《か》いたい」って家の大人たちにねだったときも、なんというか、そう、すごくしらけた感《かん》じで、興味ありませーんって顔をしていた。それなのに……。

もしかして、クラスの子の家にペットがいたりして、うらやましくなったのかなと、暦は推測《すいそく》している。自分の知らないところでなごみちゃんが変《か》わっていくと、暦はふしぎな気持《きも》ちになる。小さな妹（本当はイトコ）のなごみちゃんが、もうぜんぜん小さくないような？　それはうれしいことだけど、なぜかちょっぴりさみしいのだった。

すると、前を走っているなごみちゃんが、急《きゅう》にブレーキをかけて止まった。ドラッグストアのある大通りまで、まだ少し距離《きょり》がある。

「どうしたの？　今度《こんど》は犬？　猫《ねこ》？　それとも、たぬき？」

なごみちゃんは暦《こよみ》のせっかくのボケを無視《むし》して、前を指《ゆび》さした。

「あれ、床井《とこい》さんじゃない？」

なごみちゃんのさしたほうを見ると、小道のわきにある百円均一の自動販売機《じどうはんばいき》の前に、床井くんがひとりでしゃがんでいるではないか。床井くんの家って、このへんなんだっけ。暦はよく知らないのだった。謎《なぞ》につつまれた床井少年だ。

「と、床井くん？」

暦が声をかけると、床井くんはハッと振《ふ》り向《む》いた。

「おお、ミケじゃん」

そして床井くんは、すぐになごみちゃんに気がついた。

「あ、こいつ知ってる。保健委員《ほけんいいん》だろ」

そう、なごみちゃんと床井くんは、同じ保健委員。暦たちの小学校では、五年生と六年生がいっしょに委員会活動《かつどう》をしている。

なごみちゃんは男子から「こいつ」とか言われるのは好《す》きじゃないはずなので、暦はハラハラした。

「ミケの友だち？」

「この子、わたしのイトコ」

「えっ、ほんと？　へーっ」

「いっしょに住《す》んでるんだ」

「へぇ。ミケと同じで、ロングロングヘアーじゃん」

なごみちゃんは白いワンピースの裾《すそ》を気にしながら、無表情《むひょうじょう》のままなにも答えない。なごみちゃんはいつもこうだから、暦《こよみ》は気にならないけれど、床井《とこい》くんを不愉快《ふゆかい》な気持《きも》ちにさせたら困《こま》るな、と、暦は思った。

「そう、わたしたち、短《みじか》い髪《かみ》があんまり似合《にあ》わないから」

なごみちゃんのフォローをするつもりで言ったのに、なごみちゃんは怒《おこ》った。

「おねえちゃんといっしょにしないで。わたしは長い髪が好《す》きだから伸《の》ばしてるの！」

「……え？　わたし今、そう言わなかった？」

「短いのが似合わないからって、言ったじゃん」

それはつまり、短《みじか》いのが似合《にあ》わないから、長い髪《かみ》が好《す》きなんだって、そういうことだったんだけど。日本語って、むずかしいな。暦《こよみ》は「むむむ」となった。

「ここ、秘密《ひみつ》スポットなんだぜぃ」

暦がうなっていると、床井《とこい》くんがそう言った。助《たす》かるなぁと、暦は思う。床井くんは呼吸《こきゅう》をするように空気を読む。

「なに、それ」

「だれにも言わない？」

「言わない」

「……ユーは？」

床井くんはなごみちゃんの呼《よ》び方《かた》がわからない。なごみちゃんは「なに、ユーって」って、つぶやいている。クール。

「なごみも言わないよ。ね？」

なごみちゃんはちょっぴり不機嫌《ふきげん》そうに、うなずいた。

「ふふん、見てろ」

床井《とこい》くんは自販機《じはんき》に十円玉を十枚《まい》入れた。見ると、床井くんの小銭入《こぜにい》れの中は、十円玉だらけだ。

「なんでそんなに十円玉ばっかりなの？」

「うち、皿洗《さらあら》いすると一回三十円もらえるんだ。けちくさいよな。百円くれよって感《かん》じ」

「えー、皿洗いくらいタダでやりなよ、けちくさい」

「うっせー」

床井くんがオロナミンC《シー》のボタンを押《お》すと、
ガゴッ、ガゴッ。

なにかが落《お》ちてくる音が、二回した。

「エッ」

「ウソ」

床井くんはその場にしゃがむと、取《と》り出《だ》し口《ぐち》から二本のオロナミンCを得意《とくい》げに取り出した。

「ここの自販機《じはんき》な、オロナミンC《シー》買ったときだけ、一本の値段《ねだん》で二本落《お》ちてくるんだ。ふふーん、すげーだろ」

べつに床井《とこい》くんがすごいわけじゃないけど、こんなのって見たことなかったから、暦《こよみ》も少し興奮《こうふん》した。

「へぇ、ふしぎだねぇ」

「おねえちゃん、アイスやめてこれにしない？　そしたら、おつりでもうひとつお菓《か》子《し》買えるじゃん」

なごみちゃんは、やせているけどなんでもよく食べる。たしかに、一本の値段で二本飲《の》めるなら、もう一本買うはずだったお金が余《あま》る。

すると、床井くんがわざとらしく「チチチ」とか言いながら、人《ひと》さし指《ゆび》を左右に振《ふ》った。

「いつも二本落ちてくるわけじゃないんだぜ」

「そうなの？」

「ま、おれなら一発《いっぱつ》で確実《かくじつ》に二本当てられるけど。プロだし」

暦《こよみ》たちは首をかしげた。

「なにかコツがいるの？　それとも法則《ほうそく》があるのかな」

「法則ってたとえば？　おねえちゃん」

「んー、たとえば、十円玉で買ったときだけ、二本落《お》ちてくるとか、お金を入れてから何秒以内《なんびょういない》にボタンを押《お》さないとだめとか。あとは……」

「買う人が床井《とこい》さんじゃないとだめとか？」

「……それは自販機《じはんき》にはわからないでしょ」

「わかんないよ？　このへんにカメラとかついててさ、チェックしてるかも、こっちのこと」

なごみちゃんはふだんおすましさんなのに、ときどき突拍子《とっぴょうし》もないことを言う。

「まぁ、とりあえず買ってみれば？」

床井くんが言うので、暦は百円玉を自販機に入れた。

「えい」

ガゴッ。

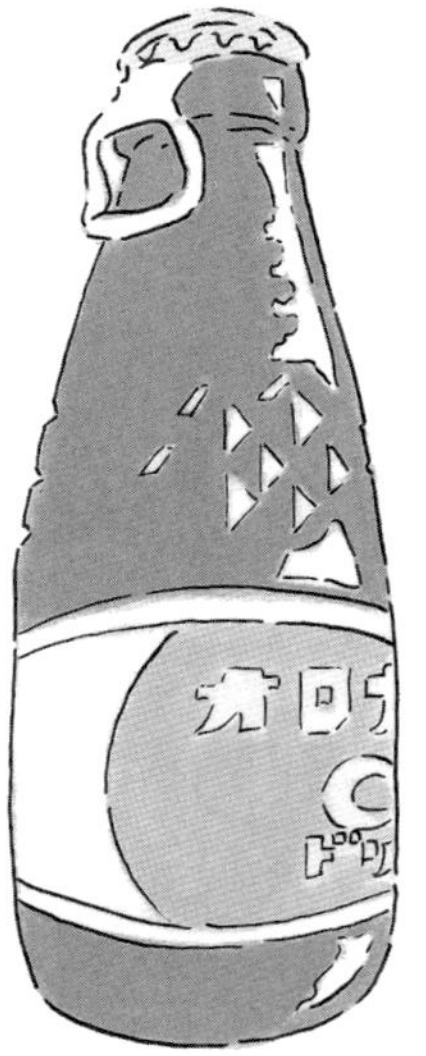
オロナ
C

待《ま》っても待っても、音は一回きり。一本しか落《お》ちてこなかった。

「おねーちゃん……」

なごみちゃんは少し責《せ》める調子《ちょうし》で言った。

「えー、わたしが悪《わる》いの？」

「わたしがやったら、二本落ちてきたかも」

「なにそれ。先に言いなよ」

姉妹《しまい》げんか、じゃなくてイトコげんかが始《はじ》まったのを見て、再《ふたた》び床井《とこい》くんが空気を吸《す》いながら読む。

「しょうがねぇな。やるよ、一本」

床井くんにもらって、暦《こよみ》はなごみちゃんといっしょにオロナミンC《シー》を飲《の》んだ。炭酸《たんさん》飲料《いんりょう》は、のどがひりひりするけれど、たまに飲むとすごくおいしい。プールのあとだから、なおさらだ。

「おいしかったぁ」

「ありがとう、床井くん。なごみもお礼《れい》言ってよ」

「……とうございます」

床井《とこい》くんは満足《まんぞく》そうに、「いいってとこい」と言って、去《さ》っていった。

そんな床井くんの後《うし》ろ姿《すがた》を見ながら、なごみちゃんは言った。

「床井さんって、おねえちゃんのこと好《す》きなんでしょ、どうせ」

どうせってなに、と思いながら、暦《こよみ》は答える。

「床井くんは、だれにでもああだよ。みんなのことが好きなの」

「へぇ」

とにかく、床井くんのおかげでオロナミンC《シー》が飲《の》めたし、なごみちゃんとけんかをせずにすんだ。よかった。

そのあと夏休みの間じゅう、暦はなごみちゃんと何回もプールに行って、その帰りにかならずオロナミンCを買った。たまに床井くんがいて、ときどきは教授《きょうじゅ》もいっしょだった。

床井くんと教授は、学校ではそれほどいっしょにいないのに、学校の外では仲《なか》がいいらしい。暦がそれを指摘《してき》すると、

「男にもいろいろあるんだよ」

「複雑《ふくざつ》なんだ」

って、神妙《しんみょう》な面持《おもも》ちで、ふたりは答えた。

暦《こよみ》はなかなかオロナミンC《シー》を二本当てられない。なごみちゃんは、一回だけ二本当てた。それは百円玉を入れたときだった。

「十円玉じゃなくってもいいんだね」

「ほんとだねぇ。ふしぎだねぇ」

オロナミンC二本の法則《ほうそく》は、いまだに解明《かいめい》できない。

まぁ、もうどうでもいいか。暦は自販機《じはんき》の前で床井《とこい》くんと教授《きょうじゅ》となごみちゃんとおしゃべりするのが、なかなか楽しかった。なごみちゃんもたぶん、同じだ。なごみちゃんは床井くんよりも教授が好《す》きみたいだったけど。

「今日はいるかな。鎌田《かまた》くん」

プールからの帰り道に、いつもかならずそう言うからだ。床井くんを呼《よ》ぶときは「床井さん」なのに、教授はなぜ「鎌田くん」なのだろう。暦はその法則も解明できない。

だけどひとつめの法則《ほうそく》は、夏休みも終《お》わりに近づいたころ、ついに解明《かいめい》された。教授《きょうじゅ》が百円玉を入れて、ボタンを押《お》したそのときだった。

ガゴッ、ドカドカドカドカ！

床井《とこい》くんは音におどろいてとびのき、瞬発力《しゅんぱつりょく》の優《すぐ》れているなごみちゃんは、サッと暦《こよみ》の後ろに隠《かく》れた。教授は呆然《ぼうぜん》としている。

「あ……」

取《と》り出《だ》し口《ぐち》を見ると、そこにはなんと大量《たいりょう》のオロナミンC《シー》が！

「すっげぇ！　大当たりじゃん、教授」

床井くんは興奮《こうふん》して、教授の背中《せなか》をばしばしたたいている。

四人で協力《きょうりょく》して数えてみると、オロナミンCは全部《ぜんぶ》で二十本あった。暦となごみちゃんが四本ずつ、教授と床井くんが六本ずつ、両手《りょうて》で抱《かか》える。キンキンに冷《ひ》えた瓶《びん》が、腕《うで》に当たって痛《いた》いくらいだった。いったいこれはどうしたことだろう。

「……ひとつ、気になっていることがあるんだけど」

暦《こよみ》が口を開《ひら》くと、床井《とこい》くんと教授《きょうじゅ》は「余計《よけい》なことを言うなよ」という顔をした。

「これってさ、ただの故障《こしょう》なんじゃないの」

「ミケー！　夢《ゆめ》が壊《こわ》れるだろー」

「暗黙《あんもく》の了解《りょうかい》、言わぬが花だよ」

床井くんと教授がくちぐちに言うので、なんだ、気づいていたのか、と、暦は思った。

「これはさすがに大人に言わないと。犯罪《はんざい》になっちゃう」

「なんで二本はよくて、二十本はだめなわけ？」

「……程度《ていど》の問題《もんだい》？」

「程度って、だれ基準《きじゅん》だよ。おれ基準では二十本まではセーフなんだけど。二十一本からアウト」

「でも、どっちにしても、一度にこんなになくなったら気づかれるよ、販売機屋《はんばいきや》さんに」

「二十本のキャンペーン中かもしれない」

「無理《むり》すぎる」

床井《とこい》くんはあきらめが悪《わる》い。

「まぁでも、さすがにこんなに飲《の》みきれないし、持《も》って帰《かえ》ったら母上にバレるな」

暦《こよみ》は教授《きょうじゅ》がおかあさんのことをふつうに「母上」と呼《よ》んだことに、とてもびっくりした。いろんな呼び方があるなぁ。床井くんは「かあちゃん」だし、なごみちゃんは「ママ」で、暦は「おかあさん」だ。全員違《ぜんいんちが》う。

結局《けっきょく》、最後《さいご》に一本ずつ、オロナミンC《シー》を飲むことにした。キャップを開《あ》けて、最後の一本を味《あじ》わう。

「あ」

床井くんが、突然《とつぜん》言った。

「おれ、大人になっても覚《おぼ》えていると思う。今日の、今の、この瞬間《しゅんかん》のこと。そういうふうに思うこと、ない？　ときどき。特別《とくべつ》な感《かん》じがするやつ」

暦は、わかるなぁと思った。なごみちゃんがめずらしくにこっと笑《わら》って、教授が「じゃあボクもそうする」と言った。

そうか。

そのとき、暦《こよみ》は理解《りかい》した。

明日《あした》からはもう、四人でこんなふうに会うことはないんだね。自販機《じはんき》あっての、わたしたちだったから。

ちょっとさみしい。でも、これでいいのだ、という気もした。

最後《さいご》の一本は、いつもよりもおいしかったかというと、もちろんそんなことはなくて、いつもと変《か》わらない、おなじみの味《あじ》だった。

アンサーポール

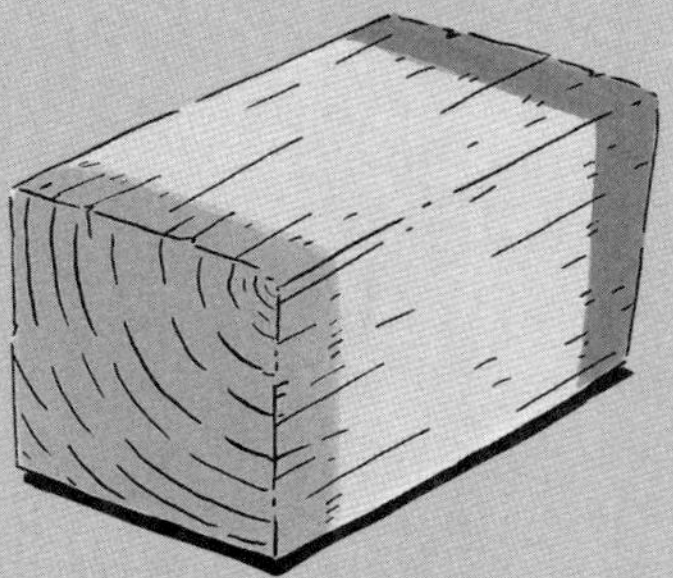

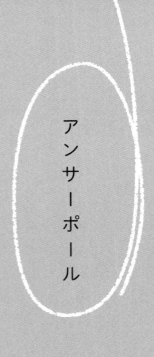

新学期《しんがっき》。暦《こよみ》は教室に入ると、見たことのないものが自分の机《つくえ》の上においてあることに、気がついた。

それは、積《つ》み木《き》だった。

直方体の、黄色い木製《もくせい》の積み木。長いほうの両端《りょうはし》が、それぞれ赤と青にぬられている。

「これ、なぁに？」

思わず近くにいた床井《とこい》くんに聞くと、かわりに横《よこ》にいた教授《きょうじゅ》が答えた。

「アンサーポールだって。白滝《しらたき》先生が作ったんだ」

教授は髪《かみ》の毛《け》が驚異的《きょういてき》に短《みじか》くなっている。切りすぎたの？　って言いそうになったけど、教授《きょうじゅ》はそういうことを気にしそうなタイプだから、我慢《がまん》した。

よく見てみると、暦《こよみ》の席《せき》だけではなく、クラスメイト全員《ぜんいん》の机《つくえ》の上に、その積《つ》み木《き》、アンサーポールはあるようだった。

「アンサーポールって？」

「ほら、一学期《がっき》の終《お》わりに、とっこいが余計《よけい》なこと言ったからさ」

「とっこい？」

新しいあだ名だろうか。積み木よりも、そっちのほうが気になるわ。暦はそう思った。

「床井《とこい》くん、なにか言ってたっけ？」

「鈴木《すずき》さんのこと、覚《おぼ》えてない？」

「……ああ」

思い出した。

「なんだよ、おれのせいかよ」

なにも言っていないのに、床井くんは不満《ふまん》そうに顔をしかめた。

鈴木《すずき》さんは、クラスのなかでいちばんおとなしい女の子だ。鈴木帆乃佳《ほのか》ちゃんという名前のとおり、ほのかな感《かん》じのする子だと、暦《こよみ》は思う。

鈴木さんは、学校でしゃべらないことで有名《ゆうめい》だ。口数が少ないというのではなく、ひとこともしゃべらない。いつからそうなったのか、暦は覚《おぼ》えていない。少なくとも、高学年になってからは、一度《いちど》も声を聞いていない気がする。しゃべらないのか、しゃべれないのか、それさえもわからない。

実《じつ》は、暦は鈴木さんと一年生のときからずっと同じクラスだ。でも、鈴木さんは学校を休んでいることが多いので、はっきり言って、あまり同じクラスだという気がしない。

鈴木さんがどうしてときどき学校を休むのかも、暦はよくわかっていない。しゃべらないから、なにを考えているのか、わからないのだ。

一学期《がっき》の終《お》わりの算数の時間だった。

白滝《しらたき》先生は、みんなに問題《もんだい》を解《と》かせている間、教室の中をゆっくり歩いて、つまずいている子《こ》を見つけると、近くに行って教えてあげる。そして、たいていいつも鈴木さんのところに飛《と》んでいく。あんまり学校に来ていないから、わからないものと思っているのだ。実際《じっさい》、鈴木《すずき》さんのところで立ち止まる。というより、まっさきに鈴木さんはあまり成績《せいせき》がよくないし。

そんな白滝《しらたき》先生を見て、床井《とこい》くんが言ったのだ。

「せんせーさぁ、いーっつも鈴木さんに教えてあげてるけどさー、ちょっと行くのが早すぎない？　もうちょっとひとりで考えたほうがいいって。解《と》けるかもしれないんだから。それに、先生に教えてもらいたいときは、自分から手をあげる決《き》まりだろ？」

正論《せいろん》だ。暦《こよみ》はひそかにうなずいた。白滝先生は鈴木さんにやさしすぎる。

本当は、わからないときは、「先生教えてください」って、声に出して言う決まりなんだけど、あえて、「手をあげる」って言いかえたところが、床井くんのやさしいところでもある。ただし、鈴木さんは「手をあげること」自体ができないくらいのはずかしがりやだということに、床井くんは気づいていない。

「えっ、そうですか……？」

白滝《しらたき》先生は自覚《じかく》がなかったみたいで、床井《とこい》くんに言われて、あわあわしている。

床井くんは、もちろん鈴木《すずき》さんをいじめるつもりで言ったわけじゃなかったんだけど、次《つぎ》の日から終業式《しゅうぎょうしき》の日までの一週間、鈴木さんは学校を休んだ。床井くんはそのことをみんなからイジられて、わりと落《お》ちこんでいた。


ところで、暦《こよみ》たちのクラスには、もうひとり鈴木という子がいる。

その鈴木くんは、床井くんとかなり仲《なか》がいい。家族同士《かぞくどうし》で遊《あそ》んだりしているみたいだ。


「とととと、とっこい。ひっさしぶりじゃん」

鈴木くんは新学期《しんがっき》でテンションが高い。オーバーアクションで床井くんの肩《かた》を抱《だ》きながら、大声ではしゃいでいる。そう、鈴木くんはたいへんなお調子者《ちょうしもの》である。

「きのう焼《や》き肉《にく》いっしょに行ったばっかだろ。つーか、とっこいはヤメロ。おまえが犯人《はんにん》か。変《へん》なあだ名、はやらせやがって」

すると、鈴木くんは床井くんに向《む》かって、両手《りょうて》の人《ひと》さし指《ゆび》をびしっとさした。

「うっひょー、とっこいクール！」

「うるっせー。人を指《ゆび》さすな！」

ふたりがいっしょにいると、床井《とこい》くんがとてもまともな人に見えてくるから、ふしぎだ。

「あ、ミケさん、おはよう」

「おはよう、鈴木《すずき》くん」

このクラスでは、床井くんと鈴木くんだけが、暦《こよみ》をミケ呼《よ》ばわりする。変《へん》なあだ名、はやらせやがって。と、暦も床井くんに少し思っている。

教室でだれかが、「鈴木！」と呼ぶと、そのたびに鈴木さんがビクッとするし、「六年二組の鈴木」といえば鈴木くんをイメージする人が多いから、鈴木さんは陰《かげ》に隠《かく》れてしまってかわいそうなときがある。まぁ、多い名字だからしょうがないか。

そんな鈴木くんは床井くんのアンサーポールをひょいっと手に取《と》って、

「アンサーポール、最高《さいこう》じゃん！　青が『解《と》き終《お》わりました』、黄色が『考え中』、赤が『助《たす》けてください』ってことらしいぜ。信号《しんごう》みたいだな」

「白滝《しらたき》先生のオリジナルだぞ」

「これなら手もあげなくていいしね」

「夏休み、海にも行かずに先生はこれを作ったんだ。みんな、大事《だいじ》に使《つか》うように」

「先生がサーファーってほんとかよ？」

「それ、ただの教授《きょうじゅ》のネタだから」

「ええっ、そうなの？　わたし、本気にしてた」

「で、鈴木《すずき》さんは？」

みんなで鈴木さんの席《せき》を見ると、残念《ざんねん》ながら空席だ。でも、いつも始業《しぎょう》ベルぎりぎりに来るから、まだ来ていないだけかもしれない。

「でもさ、鈴木さんってなんでクラスでしゃべらないんだ？　聞いてみようか、本人に」

鈴木くんが提案《ていあん》した。暦《こよみ》は「うわー」と思った。

「やめろよ、そういうこと言うの。しょうがないじゃん」

床井《とこい》くんのフォローに、鈴木くんはまゆをひそめた。

「なにがしょうがないわけ？　だってあいつ、塾《じゅく》ではふつうにしゃべるぜ？」

「ええええっ」

暦《こよみ》たちはみんなおどろいた。

「そんな話、一度《いちど》も聞いたことなかったぞ。なんで言わねぇんだよ」

「え、だって、そういう話題《わだい》にならなかったし」

「鈴木《すずき》くんって、どこの塾なの？」

「商店街《しょうてんがい》のタナベ教室《きょうしつ》。そういえば、このクラスでタナベはおれと鈴木さんだけだな」

暦は考えた。じゃあ、鈴木さんはしゃべれないんじゃなくて、しゃべらないんだ。しかも学校でだけ？　暦の疑問《ぎもん》を、床井《とこい》くんが口に出す。

「へぇ、なんで学校だとしゃべらないんだろ」

「だからそれを聞いてみようっての」

「もしかして、だれからも話しかけられないからじゃないかな」

教授《きょうじゅ》が言った。鈴木くんが大きくうなずく。

「それな。このクラスの女子は、だれもあいつに話しかけねぇよな」

暦《こよみ》はそれを聞いてちょっとイラッとした。

「なにそれ、女子が悪《わる》いの？　男子だって話しかけないじゃん」

「おお、ミケさん意外《いがい》に強気だな」

「それがミケのおもしろいところだよ」

ほめられているのか、けなされているのか、よくわからない。

鈴木《すずき》さんに話しかけないのは、話しかけても返事《へんじ》がかえってこないかもって思うから。話しかけて返事がもらえなかったら、無視《むし》されているみたいになって、かなりみじめだ。

「みんなで話しかけてみようか。これのこととか」

床井《とこい》くんがアンサーポールを指《ゆび》さしながら言った。

「ああ、いいね」

「なんだっけ、青が？」

「『解《と》き終《お》わりました』」

「黄色が？」

『考え中』

「赤が？」

『助《たす》けてください』」

「白滝《しらたき》先生が鈴木《すずき》さんのために作ってくれたんだよーって」

「それ、恩着《おんき》せがましいだろ」

「たしかに。じゃあ、おれがわかんねーわかんねーって授業中《じゅぎょうちゅう》うるさいから、黙《だま》らせるために？」

案外《あんがい》それも狙《ねら》いかもしれない。暦《こよみ》はこっそりうなずいた。鈴木くんは勉強《べんきょう》が嫌《きら》いで、算数の成績《せいせき》が特《とく》によくない。塾《じゅく》も親に無理《むり》やり行かされているんだろうなと、暦は思う。

「でも、突然《とつぜん》みんなで行ったりしたら、びっくりさせちゃわないかな」

「それもそうだな。じゃあ代表者《だいひょうしゃ》が」

そして、床井《とこい》くんと教授《きょうじゅ》と鈴木くんは、暦のことを見た。

どうしてこんなことになってしまったんだろう。

暦《こよみ》はアンサーポールを手に、もうじき教室に入ってくるかもしれない鈴木《すずき》さんを待《ま》っている。

なんか罰《ばつ》ゲームっぽい。

そんなふうに鈴木さんに思われてしまったら、ものすごく困《こま》る。自然《しぜん》に、自然に。

そのとき、ついに鈴木さんが教室に入ってきた。

しかも目が合った！

「おはよー」

そう言ったのは、暦ではなくて、鈴木さんのほうだった。小さな声だったけれど、間違《まちが》いなく暦に向《む》かってそう言った。

暦はびっくりしてしまって、返事《へんじ》ができなかった。その後ろで、床井《とこい》くんたちも、もちろんびっくりしている。

その日、鈴木さんは、小さな声だったけれど、出席《しゅっせき》をとるときの返事をきちんとした。鈴木《すずき》さんの順番《じゅんばん》のときだけ、教室が静《しず》まり返《かえ》ったような気もした。みんなが鈴木さんに注目《ちゅうもく》していたのだ。

すばらしかったのは、鈴木さんが声を出したことについて、だれも大きく騒《さわ》がなかったことだ。それは大きな変化《へんか》だったけれど、大きな反応《はんのう》をしてはいけないんだってことに、暦《こよみ》たちはみんな気がついていた。六年二組の教室は、静かな感動《かんどう》でつつまれた。

実際《じっさい》のところ、どうして鈴木さんはしゃべる気になったんだろう。

それから三年後、つまり中学三年生のとき、暦は鈴木さんにはじめて聞くことができた。そのころには、鈴木さんはクラスのなかでもおしゃべりなほうの子になっていた。

「あのアンサーポール、夏休みに白滝《しらたき》先生といっしょに図工室で作ったんだよ」

ちっとも知らなかった。

「こういうのがほしいかって聞かれて、ほしいって答えたら、じゃあいっしょに作りましょうって。みんなには内緒《ないしょ》だったんだけど、もうそろそろいいよね」

あのころはけっして見せなかったような顔で、鈴木《すずき》さんは「ひひひ」といたずらっぽく笑《わら》った。

「そのかわり、新学期《しんがっき》になって教室で最初《さいしょ》に目が合った子に、自分からあいさつするって、それが先生との約束《やくそく》だったの」

暦《こよみ》のことだ。でも、鈴木さんはそれが暦だったってことを覚《おぼ》えていないみたいだった。相手《あいて》がだれだかわからないくらい、緊張《きんちょう》していたのかもしれない。

「どうしてクラスでしゃべらなかったの？」

「それ、聞かれると困《こま》るんだよね。だって自分でもわからないから」

たしかに、自分のことでもわからないことってあるよなぁって、暦は思った。

「先生、これ、せっかく作ってくれたけど、無駄《むだ》になったんじゃない？」

アンサーポールがみんなの机《つくえ》におかれたあの日、教室でしゃべるようになった鈴木さんを見て、床井《とこい》くんは白滝《しらたき》先生にこっそり言った。白滝先生はにんまり笑って答えていた。

「そんなことはないですよ」

そのとおりだったなと、暦《こよみ》も思った。

写《しゃ》真《しん》うつり

卒業《そつぎょう》アルバムの個人写真《こじんしゃしん》を撮影《さつえい》することになったので、暦《こよみ》はその日、新しいシャツと、その上にお気に入りの青いワンピースを着《き》て、学校に行った。個人写真は胸《むね》から上しか写《うつ》らないけれど、これは気分の問題《もんだい》だと暦は思う。それと、前髪《まえがみ》。いつもはおかあさんに切ってもらうところを、美容院《びよういん》に行って美容師《びようし》さんに切ってもらった。やっぱりプロが切ると違《ちが》うなぁ。微妙《びみょう》に左右対称《たいしょう》になっていないところが、おしゃれだと思う。

女子はみんな、どんなふうに髪型《かみがた》をアレンジするかとか、おでこのニキビを隠《かく》したいとか、やせて見える角度《かくど》を研究《けんきゅう》したりとか、そういうことに夢中《むちゅう》になっている。

そんななか、

「わたし、写真《しゃしん》って苦手《にがて》なんだよねぇ。どうしたらいいかな」

最近仲《さいきんなか》よくしている伊東《いとう》さんにそう言われて、暦《こよみ》もうなずいた。

「わたしも。カメラ向《む》けられると、どうしても笑顔《えがお》がひきつっちゃうんだよね」

「おれもー。カメラ向けられると、どうしても変顔《へんがお》したくなっちゃうんだよな」

すかさず床井《とこい》くんがまぜっかえして、暦は伊東さんといっしょに笑《わら》った。

「あ、そういえば、修学旅行《しゅうがくりょこう》の写真を見たときに思ったけど、横山《よこやま》さんって写真うつりがすごくいいよね」

暦が言うと、伊東さんはちょっと困《こま》った顔をして、

「……それ、どういう意味《いみ》？」

って言った。

「え？　笑顔が自然《しぜん》っていうか、あんなふうに写《うつ》りたいなって思うけど」

暦の答えを聞いて、伊東さんはなにか考えるように腕《うで》を組んだ。

「写真うつりがいいって、あんまり言わないほうがいいんじゃないかな」

「えっ、どうして？」

「だって、実物《じつぶつ》はいまいちだけど、写真《しゃしん》だとよく見えるってことでしょ？」

「ええっ、そんな意味《いみ》で言ってなかったよ、わたし」

「そうなんだよね」

伊東《いとう》さんはますます考えこむように、腕組《うでぐ》みしたまま首をかしげた。

「前にね、なにかで読んだことあるんだけど、『写真うつりがいい』がほめ言葉《ことば》だと感《かん》じる人と、けなし言葉だと感じる人がいるんだって」

伊東さんからのその情報《じょうほう》に、暦《こよみ》よりも床井《とこい》くんが興味《きょうみ》をひかれたようだった。

「へぇ、なにそれ。興味深《きょうみぶか》い」

「でもわたし、ほめたつもりだったよ」

暦は納得《なっとく》がいかなくて、ちょっと大きな声で反論《はんろん》した。すると、伊東さんは「わかってる、わかってる」というように、暦に向《む》かってうなずいた。

「暦ちゃんがそういうつもりじゃなかったのはわかったけど、誤解《ごかい》されるかもしれないから、たとえば別《べつ》の言い方にしたらどうだろう」

「別の言い方？」

「うーん、いい写真《しゃしん》だね、とか？　むずかしいよね、日本語って」

「同じ言葉《ことば》なのに、ほめられてるって感《かん》じる人と、けなされてるって感じる人にわかれるって、すげーおもしろくない？　人がひとりひとり違《ちが》う人間だってことを、証明《しょうめい》しているみたいだな。お、いいこと言う～、おれ！」

床井《とこい》くんはひとりで勝手《かって》に感動《かんどう》している。すると、今度《こんど》は伊東《いとう》さんが言った。

「あとね、だれに言われたかにもよると思うんだよね。それに、言い方とかも。さっきの暦《こよみ》ちゃんのは悪《わる》い感じしなかったから、べつに大丈夫《だいじょうぶ》だよ」

「……うん」

暦はモヤモヤした。

だって、じゃあどうして、言わないほうがいいなんて、言ったの？

ほめようと思って言った言葉が、逆《ぎゃく》に相手《あいて》を傷《きず》つける。遠矢《とおや》くんの「おっぱいメロン事件《じけん》」と同じだ。

こういうことがあると、人とおしゃべりするのが面倒《めんどう》くさくなったりする。暦はため息《いき》をついた。

その日、家に帰ってから、暦《こよみ》はおかあさんに聞いてみることにした。おかあさんはなごみちゃんのママといっしょにクッキーを焼《や》いていた。家じゅうが甘《あま》くておいしそうなにおいで満《み》ちている。

暦はできたてのクッキーをつまみながら、学校であったことを話した。話している途中《とちゅう》で、なごみちゃんも帰ってきた。

「写真《しゃしん》うつりがいいって言われたら、わたしはうれしいわ」

おかあさんが言うと、おばさんがおどろいた顔をした。

「あら、ウソ、わたしはちょっといやだわ」

「えっ、ヤダ、そうなの？」

意見《いけん》がわかれたことに、ふたりは衝撃《しょうげき》を受《う》けたみたいだ。双子《ふたご》であっても、やはり人はひとりひとり違《ちが》う人間なのだ。

「それがけなし言葉《ことば》だって感《かん》じる人は、ちょっと卑屈《ひくつ》な感じがするわね」

暦のおかあさんがそう言うと、

「そうね、たしかにそうかもしれない。相手《あいて》の言い方にもよるけどね」

と、おばさんも同意《どうい》した。

「ヒクッ……？」

「必要以上《ひつよういじょう》にいじけて、自分の価値《かち》がないように言うことよ」

「ふぅん」

『嫌《きら》われるわね、そういう人は』

ときどき、おかあさんとおばさんは、みごとなハーモニーを奏《かな》でる。突然《とつぜん》同じタイミングで同じことを言うのだ。今もそうだった。これぞ双子《ふたご》の神秘《しんぴ》。

「そういえば、おねえちゃんは写真《しゃしん》うつりいいよね」

「えっ？」

なごみちゃんに言われて、暦《こよみ》はびっくりだ。

「どこが？　笑顔《えがお》がひきつってるじゃん」

「え、そんなことないよ。ふつうだよ」

「ぜんぜん、ふつうじゃないよ」

「けど、いつもあんなふうに笑《わら》ってるよ。かわいく撮《と》れてるよ」

そう言われてみて、暦《こよみ》はハッと気がついた。

写真《しゃしん》うつりがいいって言われるの、わたしもあんまりうれしくないや……。

今までは、自分のことを写真うつりが悪《わる》いと思っていたから、気がつかなかった。

暦はショックを受《う》けていた。

自分が当事者《とうじしゃ》になってみないと、わからないことってあるんだな。背《せ》が高い暦には、背が低《ひく》い人の気持《きも》ちがわかりにくいし、女の子の暦には、男の子の気持ちがわかりにくい。それと同じだ。

「まぁ、写真うつりがどうのこうのなんて、そんなに大きな問題《もんだい》じゃないけどね」

「もっとたいせつなことがたくさんあるからね。あんたたちだって、」

『大人になればわかるわ』

おかあさんたちはハモりながら言ったけれど、そんな大人の気持ちなんて、子どもにはわからない。でも、大人は昔《むかし》みんな子どもだったんだから、もっと子どもの気持ちがわかってもよさそうなのになぁ。きっと、忘《わす》れているんだな。

レンタルパパ

「あっ、リコーダー忘《わす》れた！」

休み時間、暦《こよみ》は思わず声に出して言ってしまった。

地獄耳《じごくみみ》の床井《とこい》くんが、わざわざ教室の反対側《はんたいがわ》から暦のところに近寄《ちかよ》ってきた。そして、めちゃくちゃうれしそうに目を輝《かがや》かせている。

「ミケが忘れものなんて、めずらしいな！　おれはいつもだけどな！」

「暦ちゃん、今日、リコーダーのテストだよ。どうするの？」

伊東《いとう》さんの言うとおり。今日は音楽の時間に実技《じつぎ》テストがあるのだ。

「うー、今日やらないと、別《べつ》の日にひとりでやることになるよね。それ、目立つからちょっといやだな」

「大丈夫《だいじょうぶ》！　トーヤも忘《わす》れたって言ってたから、ふたりだよ」

床井《とこい》くんがなぐさめてくれたけれど、それは別《べつ》の意味《いみ》でちょっと気が進《すす》まない。遠《とお》矢《や》くんは音楽とか図工とかの芸術的《げいじゅつてき》な才能《さいのう》があるみたいで、楽器《がっき》の演奏《えんそう》もすごくうまい。暦《こよみ》はどちらかというと得意《とくい》ではなくて、家で自主練《じしゅれん》しようと思ってわざわざ持《も》って帰《かえ》ったのだ。特《とく》に人前でやろうとすると、かならず失敗《しっぱい》する。遠矢くんとふたりでやったら、くらべられてしまいそうだ。

「音楽って、五時間目だよね。昼休みに取《と》りに帰ったらだめかなぁ」

「だめじゃないかなぁ。先生に聞いてみる？」

「それよりさ、かあちゃんに持ってきてもらえば？」

床井くんはそう言うけれど、おかあさんは今日は会社で仕事《しごと》がある日だし、いつも家にいるおばさんも、お友だちと会うために車で遠くに出かけている。

「今日はだめかも……」

そう言ったところで、暦はいいことを思い出した。今日は火曜日だ。

「おじさんに電話して、持ってきてもらおう！」

暦《こよみ》の家には、父親がふたりいる。

ひとりめは、正真正銘《しょうしんしょうめい》、暦のおとうさん。

ふたりめは、なごみちゃんのパパ。暦にとっては、おじさんだ。

暦のおかあさんとなごみちゃんのママは、双子《ふたご》なのでもちろん同い年。暦のおとうさんも、おかあさんと大学の同級生《どうきゅうせい》だったので、ふたりとは同い年だ。

でも、なごみちゃんのパパだけは、三人より六歳《さい》も若《わか》い。見かけも、三人よりも若々しい感《かん》じがする。親せきで集《あつ》まると、子どもたちの相手《あいて》をしてくれるのはいつもおじさんで、いっしょにゲームをしたりもしてくれる。なごみちゃんと似《に》ていて、キリッとしていてわりとかっこいい。

おじさんは、全国《ぜんこく》のいろいろなところにある、有名《ゆうめい》なカレー屋《や》さんの会社で働《はたら》いている。おじさんは店長さんをやっていて、土日ではなく火曜日と水曜日がお休みだ。だから今日は家にいる。

暦は次《つぎ》の休み時間に、職員室《しょくいんしつ》の前にある電話を借《か》りて、おじさんの携帯電話《けいたいでんわ》に電話をかけた。

「もしもし……？」

見覚《みおぼ》えのない番号《ばんごう》だったからか、おじさんは疑《うたが》っているような声色《こわいろ》だった。

「わたし、暦《こよみ》だけど」

「おお、こよちゃんか」

「あのね、リコーダー忘《わす》れちゃったんだよね……。五時間目にテストなのに」

「おお、おじさんの出番だな」

おじさんはこんなふうに話がわかる。これがおかあさんだったら、「どうして忘れたのよー」と、まずはひとこと、文句《もんく》を言われるところだ。

暦はリコーダーがおいてある場所《ばしょ》をおじさんに伝《つた》えた。昼休みに持《も》ってきてくれることになった。助《たす》かった！　おじさんが家にいるっていいなぁ。

暦は教室にもどると、心配《しんぱい》してくれた床井《とこい》くんと伊東《いとう》さんに、なんとかなりそうなことを伝えた。教授《きょうじゅ》も床井くんといっしょにいたので、ついでに事情《じじょう》を話した。

そういえば、夏休み以降《いこう》、床井くんと教授は教室でもよくいっしょにいるようになった気がする。暦《こよみ》はそのことに突然《とつぜん》気がついた。気まぐれ自販機《じはんき》がふたりの距離《きょり》を近づけたのかもしれない。

その教授《きょうじゅ》が、うらやましそうに暦に言った。

「三ケ田《みけた》さんちには、おとうさんがふたりもいるのかぁ。それ、いいなぁ」

「あ、教授の家って、とうちゃんがいないんだよ」

床井《とこい》くんが軽《かる》い感《かん》じで重《おも》そうなことを言う。暦と伊東《いとう》さんが困《こま》って目配《めくば》せしあったのを見て、教授があわてて訂正《ていせい》した。

「その言い方は誤解《ごかい》される。単身赴任中《たんしんふにんちゅう》なだけ。インドネシアの大学に」

「そうそう、教授の父上、マジで教授だから」

マジで教授、という表現《ひょうげん》がなんとなくおかしい。そうか、だから教授っていうあだ名だったのか。暦は納得《なっとく》した。

「インドネシアって、東南アジア?」

「そう。大学で日本語を教えているんだ」

「すごいねぇ」

「でも、忘《わす》れものは持《も》ってきてくれないよ」

そりゃ、そうだ。暦《こよみ》は肩《かた》をすくめた。

「それに、運動会《うんどうかい》にも学習発表会《がくしゅうはっぴょうかい》にも、将棋《しょうぎ》の大会にだって来られない。卒業式《そつぎょうしき》にも来られなそうだし。まぁ、いいけど」

教授《きょうじゅ》はちょっと不満《ふまん》そうだ。

「そういうとき、代理制度《だいりせいど》があるといいのになって、すごく思うんだ、ボク」

教授の考えに、床井《とこい》くんが首をかしげた。

「え？　教授のとうちゃん役《やく》を、だれかが代理でやるの？」

すると教授は、「違《ちが》う、違う」と、顔の前で手を横《よこ》に振《ふ》った。

「そうじゃなくて、授業《じゅぎょう》を代理でやるんだよ。ボクの行っている塾《じゅく》じゃ、代講《だいこう》がよくあるんだ。先生の都合《つごう》がつかなくて、いつもとは違う先生が来るってこと。向《む》こうの大学に、日本語を教えられる人がもっといればいいのになっていう話」

なるほど、それはたしかにそうかもしれない。教授は、ぷぷっと笑《わら》った。

「父親役の代理って。とっこいの発想《はっそう》はふつうじゃないよな」

「でも、よくない？　貸《か》し出《だ》しとうちゃんシステム。名付《なづ》けて『レンタルパパ』」

レンタルパパ。響《ひび》きはおもしろそうだ。

「そう言われると、うちのおとうさんとおじさんは、よくわたしたちにレンタルされているかも。春の運動会《うんどうかい》も、おじさんは仕事《しごと》だったから、わたしのおとうさんがなごみの分まで写真《しゃしん》とか撮《と》っていたし」

「でもそれは親せきだからだよ。ぜんぜん知らないおじさんに、おとうさん役《やく》やってもらってもなぁ」

「そうだよね。却下《きゃっか》だね」

「えーっ、だめかよ」

「三ケ田《みけた》さんちは特殊《とくしゅ》なんだよ。いいよなぁ」

ちなみに、暦《こよみ》の家族構成《かぞくこうせい》はたいへんめずらしいので話題《わだい》になりやすく、二学期《がっき》の終《お》わりのこの時期ともなると、クラスのみんなが知っているような状態《じょうたい》になる。

よく考えると、暦は床井《とこい》くんや伊東《いとう》さんの家族のことをあまり知らないし、教授《きょうじゅ》の家の事情《じじょう》もさっきまで知らなかった。

みんなと違《ちが》っていたり、めずらしかったりすると、人に覚《おぼ》えてもらいやすいんだなぁ。いいような、悪《わる》いような、だな。暦《こよみ》はそう思って、ひとりで「うん、うん」とうなずいた。

昼休み、おじさんはリコーダーを持《も》って学校まで来てくれた。おじさんは休日でもカレーのにおいがするような気がする。カレーのような黄色いT《ティー》シャツを着《き》ていることも、多少関係《かんけい》あるかもしれない。

前に仕事《しごと》から帰ったおじさんに「カレーのにおいがする」と言ったら、「加齢臭《かれいしゅう》よりはカレー臭のほうがいいな」と、よくわからないことを言っていた。

そんなおじさんに、暦はレンタルパパの話をした。

「うちは特殊《とくしゅ》なんだって。うらやましいって言われたよ」

「へぇ、うれしいなぁ。じゃあ、いつでもレンタルされるよって、社長に言っといて」

「社長じゃなくて、教授《きょうじゅ》だよ」

『株式会社《かぶしきがいしゃ》レンタルパパ』の社長だろ」

「ああ、床井《とこい》くんのことか」

「社長でも教授《きょうじゅ》でも、いつでもオーケイだよ」

教室にもどって今のことを伝《つた》えようとしたら、教授の様子《ようす》がおかしかった。教授らしくもなく、あわててロッカーの中を探《さぐ》っている。

「どうしたの？」

「やばい、リコーダー忘《わす》れた！」

「ええっ」

教授の家はおかあさんもフルタイムで働《はたら》いている。おばあさんは家にいるけれど、足があまり丈夫《じょうぶ》じゃないらしい。絶望的《ぜつぼうてき》だ。

ああっ、そんなときこそ！

暦《こよみ》は教室の窓《まど》を大きく開《あ》けると、両手《りょうて》をポケットにつっこんで校庭《こうてい》のわきをのんびり歩いているおじさんに向《む》かってさけんだ。

「レンタルパパ！　初仕事《はつしごと》ですよ！」

こもりえるちゃん

二学期最後《がっきさいご》の席替《せきが》えで、暦《こよみ》は小森《こもり》さんと同じ班《はん》になった。

小森さんは「小森瑛瑠《える》」という名前で、みんなから「こもりえるちゃん」って呼《よ》ばれている。ハネリカと同じ、フルネームのニックネームだ。暦たちが五年生のときに、そういうあだ名がはやったのだ。床井《とこい》くんも「トコイレキ」と呼ばれがち。ただし、「ミケタコヨミ」は呼びにくいので定着《ていちゃく》しなかった。

小森さんの場合、本名とは少し発音《はつおん》を変《か》えて呼ばれている。カキゴオリ、と、同じアクセントだ。こもりえる。まるでなにかのキャラクターみたい。

実際《じっさい》、小森さんはキャラクターみたいだった。学年でいちばん背《せ》が小さくて、色白で、ヘルメットみたいな髪型《かみがた》をしている。そんな、こもりえるちゃん。

でも、「こもりえるちゃん」って、暦《こよみ》はまだ一度《いちど》も呼《よ》んだことがない。暦は友だちをあだ名で呼ぶのが苦手《にがて》だ。いきなり呼び方を変《か》えるのは、なんとなく照《て》れくさい。だからつい、名字に「さん」づけで呼んでしまう。べつにそれで困《こま》らないし。

でも、こもりえるちゃんって、わたしも呼んでみたいなぁ。暦はひそかにそう思っている。


「こよみん、おトイレつきあって」

小森《こもり》さんは、ときどき暦をトイレにさそう。暦はいつもひとりでトイレに行くけれど、だれかにさそわれたら断《ことわ》らずにいっしょに行くことにしている。そのほうが人間《にんげん》関係《かんけい》がスムーズにいくからだ。

こよみん、は、小森さんが考えてくれたあだ名だ。

そのときに言えばよかったのだ。じゃあ、わたしは「こもりえるちゃん」って呼んでもいい？　って。

そんな暦の後悔《こうかい》に、小森さんは気がついていない。

「なんかね、朝からずっとおなかが痛《いた》いの」

小森《こもり》さんは、いつも以上《いじょう》に顔が白っぽい。暦《こよみ》は心配《しんぱい》になった。そういえば、おなかにくる風邪《かぜ》がはやっている。

「大丈夫《だいじょうぶ》？　風邪なんじゃない？　熱《ねつ》は？」

「熱はないみたい」

たまたま近くを歩いていた床井《とこい》くんが、心配そうに小森さんの顔をのぞきこんだ。

「こもりえる、腹《はら》こわしたの？　平気《へいき》？」

小森さんは真《ま》っ赤《か》になって、消《き》え入《い》りそうな声で、「へいき」と答えた。

暦はちょっとあきれた。床井くん、デリカシーがないよ。

床井くんはまるで、クラスで飼《か》っているかわいいうさぎを心配するような調子《ちょうし》だったけれど、小森さんはうさぎではなく女の子なのだ。

暦は背《せ》が高いことを気にしているわけではないけれど、小柄《こがら》な子をうらやましいと思うことがよくある。うさぎとか、ねことか、りすとか、かわいい動物《どうぶつ》にたとえてもらえるからだ。自分に小動物的《しょうどうぶつてき》な要素《ようそ》はないなと、暦は冷静《れいせい》に考えた。

でも、この前、日本の民話《みんわ》を調《しら》べる授業《じゅぎょう》で、『鶴《つる》の恩返《おんがえ》し』について話していたとき、

「ミケは鶴って感《かん》じだよな。スラッとしてて」

って、床井《とこい》くんはほめてくれた。だから、背《せ》が高いのも悪《わる》くない。

暦《こよみ》の学校のトイレは、和式《わしき》トイレと洋式《ようしき》トイレが両方《りょうほう》ある。和式トイレはあまり人気がない。小学校に入学したとき、暦ははじめて本物《ほんもの》の和式トイレを見たので、使《つか》い方《かた》がわからなくて困《こま》った。どっち向《む》きで用を足すのか、とか、水を流《なが》すレバーは手で押《お》すのか、足で押すのか、とか。

そんなことを思い出して待《ま》っていると、小森《こもり》さんがトイレのドアを少し開《あ》けて顔をのぞかせた。

「こよみん、いる?」

「いるけど」

小森さんはまわりを見まわして、ほかにだれもいないことを確認《かくにん》してから、小声で

言った。

「たいへん。なっちゃったみたい。どうすればいいの？」

「え？　……あ、もしかして生理？」

小森《こもり》さんは暦《こよみ》の言葉《ことば》にまた真《ま》っ赤《か》になって、そしてちょっと怒《おこ》ったような顔で、トイレのドアを閉《し》めてしまった。

そうだった。はじめて生理になったときって、なんだかすごくはずかしいんだった。はずかしくて、生理の「せ」の字も口に出せないんだった。なにがそんなにはずかしいのか意味《いみ》がわからなくて、イライラするんだった。

床井《とこい》くんと同じで、わたしもデリカシーがなかった。暦は反省《はんせい》した。

小森さん、まだ生理になってなかったのか。と、暦は思った。暦は四年生のときにとっくになっているので、もうほとんどプロだ。

「保健室《ほけんしつ》でナプキンもらってきてあげる。それか、保健の藤田《ふじた》先生呼《よ》んでこようか？」

「……藤田先生、呼んできて」

自分で聞いたのに、その答えに暦《こよみ》はちょっぴり傷《きず》ついた。小森《こもり》さんは、わたしよりも藤田《ふじた》先生のほうがいいってことか。まぁ、当然《とうぜん》か。

「わかった。ちょっと待《ま》ってて」

それからちょっと考えて、暦は言い直した。

「ちょっと待ってて、こもりえるちゃん」

暦は小森さんのことがうらやましかった。

はじめて生理になったのが、暦よりも二年近くも遅《おそ》い。二年近く、得《とく》をしている。

暦は毎月生理がくるたびに、おなかが痛《いた》くて動《うご》けなくなる。腰《こし》を温《あたた》めればいいって教わったけれど、夏は暑《あつ》くていやになるし、生理中はプールにも入れない。そもそも血《ち》を見るのは気分がよくないし、なんだか自分がにおうような気もするし、いろいろなことに敏感《びんかん》になる。ああ、とってもいやだ。

でも、

「生理なんて、こなくていいのに」

って、前におかあさんに言ったら、軽《かる》くしかられた。

「生理がなくて困《こま》っている人も、世《よ》の中《なか》にはたくさんいるのよ。子どもを産《う》むために、必要《ひつよう》なことなんだから」

だけど暦《こよみ》は、子どもを産みたいなんてまだ思ったことがないので、そんなことを言われても、まったくピンとこないのだった。毎月おなかが痛《いた》くなるという現実《げんじつ》のほうが、はるかに深刻《しんこく》だ。

学校で、全員《ぜんいん》に向《む》けて、生理中はすごく具合《ぐあい》が悪《わる》くなる子もいるんだっていう情報《じょうほう》を、きちんと教えてくれないかな。そういう日は、学校を休んでもいいっていうことに、してくれないかなぁ。でも、一か月に一度《ど》学校を休んでいたら、いつ生理になっているか、みんなにバレちゃうな。さすがにそれはちょっと。

あと、生理痛《せいりつう》が軽い女の人や、生理のない男の人は、生理痛が重《おも》い人の気持《きも》ちを、あんまりわかってくれないことがあって、とても困る。暦のおかあさんは生理痛が軽い人で、暦の具合の悪さが、正確《せいかく》に伝《つた》わらない。「たいしたことないんでしょ?」みたいな空気を出されてしまうと、たいへんつらい。もちろん、おとうさんにも伝わらない。頼《たよ》りの妹（本当はイトコ）、なごみちゃんは、まだ生理になっていないので、やっぱり伝《つた》わらない。そういうときは、孤独《こどく》を感《かん》じる。

それに、暦《こよみ》は前にニュースで見たことがある。ある宗教《しゅうきょう》では、生理中の女の人を「不浄《ふじょう》なもの」として、小屋《こや》に隔離《かくり》する習慣《しゅうかん》があるそうだ。それが原因《げんいん》で亡《な》くなってしまった人もいるとか。

「ありえない！」

思わず口に出してそう言った。差別的《さべつてき》すぎる。生理があるおかげで人は生まれてくることができるのだから、もっとたいせつにしてほしい。そういう習慣のあるところに住《す》んでいなくてよかったなぁと思うけれど、今でもそんな習慣にしばられている人たちがいるのかと思うと、本当に気《き》の毒《どく》すぎて、どうしたらいいかわからない。

保健室《ほけんしつ》の藤田《ふじた》先生に状況《じょうきょう》を説明《せつめい》すると、

「あらあら、たいへん」

と、たいしてたいへんでもなさそうな調子《ちょうし》で言って、生理用品《ようひん》を抱《かか》えてトイレに走っていった。

教室にもどると、黒板《こくばん》を消《け》していた床井《とこい》くんに声をかけられた。チョークの粉《こな》が頭の上にはらはらと落《お》ちている。

「あれ、こもりえるは？」

床井くんは小森《こもり》さんのことが好《す》きなのかもしれない。暦《こよみ》はさらに孤独《こどく》を感《かん》じる。

「しばらく保健室《ほけんしつ》で休むんだって」

「あれ、なんかミケ、怒《おこ》ってる？」

そう言われて、暦はひどくムカついてしまった。怒っていないときに怒っているって言われることが、暦は嫌《きら》いだ。それで、言ってはいけないと思いつつ、床井くんの耳もとに、口を近づけた。

「小森さん、生理になったんだって」

「え！」

「だからおなかが痛《いた》いの。しょうがないの」

「……そっ、そーか。せーりか」

床井くんはわりと動揺《どうよう》していた。暦も内心、動揺しまくりだ。

もちろん、保健体育《ほけんたいいく》で習《なら》うから、男子たちも生理のことを知っている。だけど、小《こ》森《もり》さんは男の子には知られたくないって、そう思っているはずだ。だから、言っちゃいけないことだった。

床井《とこい》くんがどういう反応《はんのう》をするか、暦《こよみ》は見たかったのだ。小森さんを傷《きず》つけても、べつにいいやと思った。

「そっかぁ。そしたら、腹《はら》こわしたとか、言ったらいけなかったんだな」

床井くんがまじめに、しかも的確《てきかく》な反省《はんせい》をしているのを見て、暦の目になみだが盛《も》り上《あ》がってきた。

なんていいやつなんだろう。それにくらべて、自分はなんてひどいやつ。悪女《あくじょ》だ。

暦は泣《な》けてきた。そんな暦を見て、床井くんがぎょっとした顔でさけんだ。

「えええ！　なんで泣くの？」

床井くんのさけび声で、クラスじゅうが暦たちに注目《ちゅうもく》しはじめた。

「ああっ、床井が三ケ田《みけた》さんを泣かした！」

「床井くん、暦ちゃんになに言ったの？」

「泣《な》かせるなんてひどい！」

「床井《とこい》のアホ！」

「バーカ！」

ただの悪口《わるくち》が混《ま》じっている。

「短足《たんそく》とかアゴとか、関係《かんけい》ねぇだろ！」

床井くんがどなり返《かえ》した。だれもそんなことは言っていないので、みんながどっと笑《わら》った。暦《こよみ》もつい、いっしょになって笑った。

「あ、ミケが笑った」

ほっとしたように、床井くんが言った。だけど、いつもみたいに「今日はきっといいことがあるな」って、言ってはくれなかった。あたりまえか。

「わたし、床井くんのことが好《す》き」

はっきりと口に出してみると、なんだかとてもすっきりした。

暦はすっきりしたけれど、教室が爆発《ばくはつ》するくらいの、大興奮《だいこうふん》の悲鳴《ひめい》が響《ひび》き渡《わた》ったのだった。

お菓子《かし》の家

暦《こよみ》は十二月が好《す》きだ。

町がキラキラと華《はな》やかになるし、年末《ねんまつ》には家族《かぞく》でスキー旅行《りょこう》に行けるし、なによりクリスマスがある。毎年クリスマスには、おかあさんとおばさんが手のこんだ料理《りょうり》を作ってくれる。ローストビーフとか、具《ぐ》がたくさんのっている大きなピザとか、切《き》り株《かぶ》のかたちのロールケーキとか。

「クリスマスにとうさんとお菓子《かし》の家を作る約束《やくそく》をしたんだ」

休み時間に教室でそう言ったのは、同じクラスの中村《なかむら》くんだ。

中村くんはおとうさんとふたり暮《ぐ》らし。おとうさんとおかあさんはずいぶん昔《むかし》に離《り》婚《こん》しているらしい。ふだん仕事《しごと》で忙《いそが》しいおとうさんが、クリスマスだけはわがままを聞いてくれると言って、中村《なかむら》くんは以前《いぜん》から楽しそうにしていた。

暦《こよみ》たちはみんな、『ヘンゼルとグレーテル』に出てくるようなお菓子《かし》の家を想像《そうぞう》した。たとえばドアが大きなビスケットでできていて、窓枠《まどわく》はポッキー、煙突《えんとつ》はウエハース、暖炉《だんろ》はなぜか溶《と》けないチョコレート。あったらいいなと思うけれど、現実問題《げんじつもんだい》、すごくお金と時間がかかりそう。

「お菓子の家?」

「いくらなんでもそれは無理《むり》だろ」

「どこに建《た》てるの?」

中村くんはにっこり笑《わら》って、

「違《ちが》う、違う。小さいお菓子の家だよ。お皿《さら》の上に作るんだ」

と、当然《とうぜん》のように答えた。暦たちは「なーんだ」と納得《なっとく》した。そりゃ、そうだよね。

でも、おとうさんがそんなことをしてくれるなんて、ちょっとすごいな。暦の家の男性陣《だんせいじん》は、お菓子作りどころか、家で料理《りょうり》をまったくしない。おじさんはカレー屋《や》さんだけど、家でカレーを作ったりしないし。

そのとき、いっしょにいた小泉《こいずみ》さんが言った。

「中村《なかむら》くんのおとうさん、お仕事《しごと》なにしてる人？」

たしかに興味《きょうみ》あるなぁ、お菓子職人《かししょくにん》だろうか。中村くんの答えに暦《こよみ》が注目《ちゅうもく》していると、

「また始《はじ》まった」

って、だれかが小さな声で言った。いつもちょっと意地悪《いじわる》なことを言う勝田《かつた》さんだった。

「ユミちゃん、わざとその話題《わだい》出したでしょ？」

そう言われて、ユミちゃん、つまり小泉さんは、それを否定《ひてい》するように、あわてて両手《りょうて》を振《ふ》った。

「ち、違《ちが》うよ！」

「うそぉ。わざとらしいよ」

小泉さんは真《ま》っ青《さお》になって、「違うもん……」と言いながら、そのまま廊下《ろうか》に出てどこかに行ってしまった。勝田さんも「フン」という感《かん》じで、仲《なか》のいい子たちとお

しゃべりしに、教室の別《べつ》の場所《ばしょ》に移動《いどう》した。

残《のこ》された数人で顔を見合わせる。

「どういう意味《いみ》？　いまの」

いまひとつ状況《じょうきょう》についていけない暦《こよみ》が小声で聞くと、伊東《いとう》さんが教えてくれた。

「ほら、小泉《こいずみ》さんのおとうさんって、建築会社《けんちくがいしゃ》の社長さんだから」

「へぇ、そうなの？　すごいね」

暦が素直《すなお》に感心《かんしん》すると、伊東さんは「シーッ」と人《ひと》さし指《ゆび》を口もとにあてた。

「前にそういう話題《わだい》になったときにね、まわりにいた子たちがみんな『すごい、すごい』って小泉さんのことをうらやましがったから、勝田《かつた》さんは気に食わなかったんじゃないかな。だってほら、勝田さんのおとうさんって、いま無職《むしょく》みたいだから」

「マジかよ。透明人間《とうめいにんげん》か」

床井《とこい》くんが話の腰《こし》を折《お》る。

「床井くん、東名高速《とうめいこうそく》が透明だとか思ってない？　大丈夫《だいじょうぶ》？」

伊東さんがつっこむ。そのときになってようやく、なるほど、無職と無色ね、と、暦《こよみ》も床井《とこい》くんのボケに追《お》いついた。

「それは大丈夫《だいじょうぶ》。でも、ソウルミュージックは韓国《かんこく》の音楽のことだと思ってた」

「……とにかく、たいへんなのよ、勝田《かつた》さんちは。おとうさんが勤《つと》めてた会社が倒産《とうさん》しちゃったんだから」

「でもそれ、八つ当たりだよね。小泉《こいずみ》さんは悪《わる》くないじゃない」

暦が反論《はんろん》すると、

「でも勝田の言うとおり、おれもさっきのはわざとかなって思ったぜ」

床井くんが暦に反論した。正直、暦も「わざとだったのかな」っていう気がしていたので、痛《いた》いところをつかれた気がした。

「だとしても、わざわざああいうことは言わなくてもいいんじゃない？」

「まぁね。でも勝田にもジョウジョウシャックリのヨチヨチだろ」

手に負《お》えなくなって暦が黙《だま》ると、そばにいた教授《きょうじゅ》がひとつ咳払《せきばら》いをして、

「情状酌量《じょうじょうしゃくりょう》の余地《よち》がある」

と、ひかえめに言い直した。

ああ、いつのまにやら、なんとなく気まずい雰囲気《ふんいき》になっている。暦《こよみ》は耐《た》えられなくなって、「トイレ行ってくる」と宣言《せんげん》して教室を出た。

「夫婦《ふうふ》げんかか？」

だれかがそう言っているのが聞こえた。

この前からずっとこんな感《かん》じだ。床井《とこい》くんが突《つ》っかかってくる気がする。いや、そうじゃない。暦がひとりでピリピリしているのだ。わかっているのに、どうにもできない。

こんなことなら、好《す》きだなんて言わなきゃよかったな。

あの日、「床井くんのことが好き」と言った暦に、床井くんは笑顔《えがお》で、

「なんだよ、いまさら。おれもミケのこと好きだし」

と、答えてくれた。それで、まわりが大騒《おおさわ》ぎになって、いつのまにか床井くんと暦はつきあっていることになってしまった。

たしかに暦は、床井くんに好かれているような気はしていた。それは「クラスのみ

んなのことが好《す》き」よりも、少し高級《こうきゅう》な、特別《とくべつ》な意味《いみ》での、「好き」だ。そう思っていなければ、クラスのみんながいるところで「好き」だなんて、そんなことを暦《こよみ》は言えない。正直に言うと、ちょっぴり自信《じしん》があったのだ。

だからあの日、床井《とこい》くんが小森《こもり》さんのことを気にかけているのを見て、暦はムカムカした。人はそれをやきもちと呼《よ》ぶ。

でも、違《ちが》う。なにかが違う。

暦の考えるところの、あのときの一般的《いっぱんてき》なリアクションは、こうだ。

「ええーっ」とおどろいて、真《ま》っ赤《か》になってうつむく。

もしくは、「こんなとこでそんなこと言うなよ！」みたいなことを言いながら、ちょっとうれしそうにごまかす。

そうでなければ、逃《に》げるように立《た》ち去《さ》る。

三つめはできるだけ避《さ》けてほしいところだけれど、「おれも好きだし」と言われても、暦はちょっと困《こま》った。どうしていいかわからない。床井くんは以前《いぜん》とちっとも変《か》わらないけれど、暦のほうが変《へん》に意識《いしき》してしまって、今までどおりに接《せっ》することができなくなってしまった。

「わたしって勝手《かって》な女だなぁ」

トイレの手洗《てあら》い場《ば》で、ため息《いき》をついてそう言うと、個室《こしつ》の中から「ぷっ」とだれかが吹《ふ》き出《だ》した。暦《こよみ》は「あ」と思った。

「……小泉《こいずみ》さん？」

声をかけると、中から小泉さんが出てきた。暦はさっきのことをフォローしなくては、と思って、慎重《しんちょう》に声をかけた。

「あの、さっきの勝田《かつた》さんのこと、あんまり気にしないほうがいいよ。みんな（みんなじゃないけど）そう言ってたよ」

「べっつに気にしてないよ。サッちゃん、ああいう子だから」

そうだった。小泉さんと勝田さんは、ユミちゃん・サッちゃんと呼《よ》び合《あ》うくらい、実《じつ》はけっこう仲《なか》がいいのだった。

小泉さんはチャーミングにペロッと舌《した》を出して言った。

「わたしもつい自慢《じまん》したくなっちゃうからさぁ。よくないよね」

これまであまりしゃべったことがなかったけれど、小泉《こいずみ》さんっていい子だなぁと、暦《こよみ》は感激《かんげき》した。

「それにサッちゃん、いつも『さっきはごめんね』って謝《あやま》ってくるし」

「へぇ、そうなんだ」

「だから今日もあとでそうなると思う」

暦はクスッと笑《わら》った。勝田《かつた》さんともほとんど話したことがなかったけれど、そういう子なんだ。ちょっとかわいい気がする。

「サッちゃん、『なんであんな言い方しちゃうのかな』って、悩《なや》んでるんだよ」

「そうなのかぁ。みんな、いろいろ悩んでるんだね」

暦はなんとなく心が軽《かる》くなった感《かん》じがした。

すると、思い切ってなにかを打《う》ち明《あ》けるような雰囲気《ふんいき》で、小泉さんがこう言った。

「……さっき、わたし言いそうになったの。何年か前、おとうさんの会社を宣伝《せんでん》する特別企画《とくべつきかく》で、本物《ほんもの》のお菓子《かし》の家を作ったことがあるんだよって。ちゃんと人が入れるの。テレビにも映《うつ》ったんだよ」

「へぇ、すごい！」

「でも言わなくてよかった。サッちゃんのおかげ。お礼《れい》言わなきゃ」

暦《こよみ》は「なるほど」と思った。建築会社《けんちくがいしゃ》の社長さんなら、そういうことだってあるだろう。でも、あの場面《ばめん》で、もしそう言ってしまっていたら、中村《なかむら》くんはさみしい思いをしたかもしれない。だって、その瞬間《しゅんかん》に中村くんのお菓子《かし》の家は、本物じゃ、な、い、お菓子の家になってしまうのだから。

「クリスマスが終《お》わったら、写真《しゃしん》で見せてもらおうよ。中村くんのお菓子の家」

「いいね。でも、小泉《こいずみ》さんのおとうさんのお菓子の家も見てみたいな」

ふたりはそんなふうに話しながらトイレを出た。

その先の廊下《ろうか》の曲《ま》がり角《かど》で、勝田《かつた》さんが「ごめんね」を言いたくて待《ま》ち伏《ぶ》せをしている。

ちょいと

短《みじか》い冬休みが終《お》わり、三学期《がっき》が始《はじ》まった。

白滝《しらたき》先生は、お正月のおせちで伊勢海老《いせえび》を食べたと言って、始業式《しぎょうしき》の日にザリガニ柄《がら》のネクタイをつけてきた。伊勢海老柄はなかったんだって。

暦《こよみ》は冬休み中に、髪《かみ》の毛《け》を胸《むね》のあたりまで切った。

「ミケ、ロングロングヘアーじゃなくなったんだな」

床井《とこい》くんに話しかけられたので、

「うん。今はロングヘアーくらいかな」

って答えた。

「おれはあいかわらずロングロングアゴー」

「前から思ってたけど、床井《とこい》くんのあごって、そこまで言うほど長くないよ」

「そう？　おれもロングアゴーぐらい？」

暦《こよみ》はちょっと考えて、まじめに答えることにした。

「『long ago《ロング アゴー》』って日本語《にほんご》で『昔《むかし》』って意味《いみ》だから、床井くんっぽくないいんだと思う。床井くんは『今現在《いまげんざい》』って感《かん》じかな」

いいこと言ったなって、暦は自分で思ったけれど、床井くんはちょっと首をかしげて、「ううぅん」とうなっている。

「なんで『昔』が、英語だと『長いあご』なんだろうか」

「いや、そうじゃなくて……」

暦が頭をかかえると、教授《きょうじゅ》が助《たす》け船《ぶね》を出してくれた。

「日本語の『あご』と英語の『ago』は、音が似《に》てるだけで無関係《むかんけい》だから」

「ああ、つまり『I《アイ》』と」

床井くんは「アイ」と言いながら自分をさして、そして今度《こんど》は両手《りょうて》のひらを重《かさ》ねて、心臓《しんぞう》のあたりにあてた。

「『愛《あい》♡』みたいなことか」

そのしぐさがおかしくてかわいくて、暦《こよみ》と教授《きょうじゅ》は大笑《おおわら》いした。

前みたいにギクシャクしなくなったなぁと思って、暦は笑いながらホッとしていた。髪《かみ》を切って正解《せいかい》だったかもしれない。

でも、床井《とこい》くんの口から「愛」という単語《たんご》が出てきたことには、少しドキドキしてしまう暦なのだった。


そして三学期《がっき》の最初《さいしょ》の給食《きゅうしょく》の日、事件《じけん》は起《お》こった。

その日、床井くんのいる班《はん》は給食当番だった。

配膳台《はいぜんだい》のまんなかでせっせとコッペパンを配《くば》っていた床井くんが、突然《とつぜん》、前触《まえぶ》れもなく泣《な》きはじめたのだった。

なにも言わずにぽろぽろなみだをこぼしている床井くん。きっとマスクの中は鼻水《はなみず》ですごいことになっている。

——見た？

——泣《な》いてる？

——床井《とこい》、泣いてなかった？

だれも口に出さないけれど、目でそんな会話をしている。なんだか床井くんには声をかけられない雰囲気《ふんいき》だったから。お調子者《ちょうしもの》の鈴木《すずき》くんでさえも、床井くんに直接《ちょくせつ》声をかけられなくて、「なんか歴《れき》が泣いてるっぽいんですけど」と、白滝《しらたき》先生にこそこそ相談《そうだん》していた。このところ床井くんを「とっこい」と呼《よ》んでいる鈴木くんが、まじめに「歴」と呼んだので、これは深刻《しんこく》な状況《じょうきょう》なのかもしれないと暦《こよみ》も思った。

「床井さん、なにかあったんですか？」

白滝先生が配膳台《はいぜんだい》のところに行って聞くと、床井くんは「うっ、うっ」と声をあげて泣きだした。

「ちょ、ちょいとが死《し》んだ」

暦の近くにいた鈴木くんがそれを聞いて、

「あー……」

と、納得《なっとく》したような声をあげた。

『ちょいとって？』

白滝《しらたき》先生が床井《とこい》くんにそう聞いたのと、暦《こよみ》が鈴木《すずき》くんにそう聞いたのは、ほとんど同時だ。

「歴《れき》の家の犬だよ。もうかなりお年寄《としよ》りでさ。死《し》んだのかぁ、ちょいと」

「ちょいとって、犬の名前？」

「そう。変《へん》な名前だよな」

そうか、それで床井くんは泣《な》いているのか。

暦は家で動物《どうぶつ》を飼《か》ったことがない。何か月か前にはじめてペットを飼うという話が本格的《ほんかくてき》に出たけれど、なんの動物がいいかというところで六人の意見《いけん》がバラバラにわかれてしまい、その話はなかったことになった。人数が多いと意見をまとめるのがたいへんなのだ。

だから、いっしょに暮《く》らしている動物が死んでしまったとき、どれほどかなしいのか、暦にはあまりピンとこない。

床井くんは泣きじゃくりながら、白滝先生に訴《うった》える。

「こ、このコッペパン、ちょいとに似《に》てるんだ。食えない……」

床井《とこい》くんのとなりでプリン係《がかり》をしている伊東《いとう》さんが、下を向《む》いて肩《かた》を震《ふる》わせている。もらい泣《な》きしているのではなく、笑《わら》うのを必死《ひっし》に我慢《がまん》しているようだった。

たしかにコッペパンって、ちょっと色とかが犬みたいかなぁ。暦《こよみ》は自分の机《つくえ》の上のコッペパンを見ながら、ぼんやりそう思った。

ちょいとって、どんな犬だったんだろう。色は茶色で、コッペパンみたいにやわらかくって、まるっこいんだろうか。

白滝《しらたき》先生は「食えない」と言われて困《こま》ってしまったようで、返《かえ》す言葉《ことば》に詰《つ》まっている。

「ええっと、じゃあ今日は残《のこ》しますか？」

「うん、そうします」

床井くんは顔を上げて、ぐすっと鼻《はな》をすすった。

鈴木《すずき》くんがひょこひょこ歩きで床井くんのところに行ったかと思うと、

「歴《れき》、あとでおれのエダマメやるよ。元気出せって」

鈴木《すずき》くんのほかにも何人か、床井《とこい》くんのお皿《さら》になにかを分けてくれた子がいたし、教授《きょうじゅ》にいたっては、

「ボクのプリン食べる?」

と言って、なんとデザートをゆずっていた。

暦《こよみ》もなにかあげたかったけれど、すでに床井くんのお皿の上はおかずが山盛《やまも》りだったから、あきらめることにした。

だから結局《けっきょく》、床井くんはいつもよりもおなかがいっぱいになったんじゃないだろうか。いや、おなかというよりは、胸《むね》がいっぱいいかもしれない。

そしてその日、六年二組のみんなは「亡《な》きちょいと」に思いをはせながら、静《しず》かに給食《きゅうしょく》を食べたのだった。


その日の帰り道、暦は床井くんに声をかけた。暦のほうから床井くんに声をかけるのは、実《じつ》はけっこうめずらしい。でも、今日はそういう気分だったから。

朝、雨が降《ふ》っていたから、暦も床井くんも傘《かさ》を持《も》っている。今はもうすっかりいい

天気だ。

「ねぇ、どうして『ちょいと』っていうの？」

床井《とこい》くんはもう泣《な》いていなかった。よくぞ聞いてくれたというように、床井くんはしゃべりだした。

「本当の名前はセバスチャンっていうんだ」

「セバスチャン」

「そう。あんまりセバスチャンっぽくなかったけどさ。動物病院《どうぶつびょういん》に行くと、ちゃんとカルテに『セバスチャンちゃん』って書かれてた」

セバスチャンちゃん、だなんて、ちょっとおかしい。でもそれがどうして「ちょいと」に？

「ちょいとを飼《か》いはじめたころ、いっしょに住《す》んでいたおれのひいおばあちゃんがさ、どうしてもセバスチャンって名前を覚《おぼ》えられなかったらしいんだ。それで、ちょいと、ちょいと、って呼《よ》びかけているうちに、ちょいとが自分の名前だってかんちがいしちゃったみたいでさ」

「へぇ、いい話だね」

本当にそう思って言ったのに、床井《とこい》くんはちょっと意外《いがい》そうな顔をした。

「そうか？　おれは笑《わら》える話だと思うけど。まぁ、今日は笑えないけど。気分的《きぶんてき》に」

床井くんがしんみり言って、気を紛《まぎ》らわせるように傘《かさ》をぶんぶん振《ふ》った。

暦《こよみ》はそんな床井くんをなんとか励《はげ》ましたい。

「ちょいとは、ちょいとっていう名前が気に入っていたんだと思うよ。かわいいもの」

「そっかな」

「そうだよ」

「ただ、おれはセバス時代《じだい》のちょいとを知らないんだ。おれはまだそのとき生きてなかったから」

「えーと、生まれてなかったってこと？」

床井くんはうなずいて、ため息《いき》をひとつついた。

「明日《あした》からどうやって生きていけばいいんだろう。ちょいとがいないのに」

そう、そんなにかなしいの。動物《どうぶつ》が死《し》ぬって、そんなにかなしいんだ。その気持《きも》ちがわからないことが、暦《こよみ》は心から、本当にかなしいと思った。

「……ちょいとはいないけど、ミケがいるよ。わたし、床井《とこい》くんにミケって呼《よ》ばれるの、好《す》き」

暦は自分で自分の言ったことにおどろいて立ち止まった。なに言ってるんだろう、わたしったら。

床井くんも暦につられて立ち止まる。

ふたりの目が合った。

それだけ。

でも、床井くんのかなしい気持ちが、少し伝《つた》わってきた気がした。そしてきっと、床井くんにも、暦の気持ちが伝わった。

それだけで十分。

戸惑《とまど》いながら差《さ》し出《だ》された床井くんの手を、暦はしっかりと握《にぎ》り返《かえ》した。

響《ひびき》くんの作文

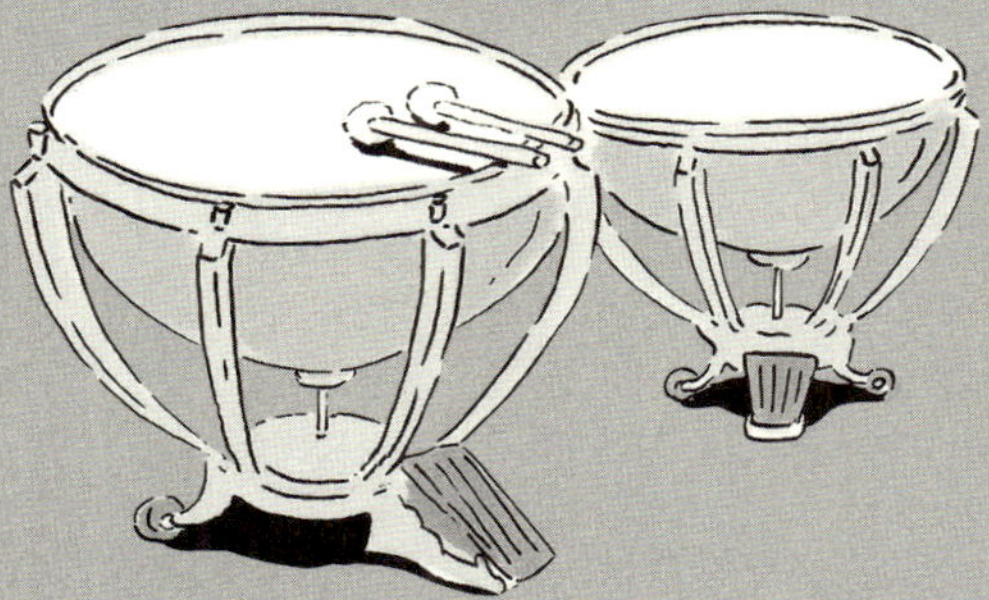

「ぼくの名前」


ぼくのおとうさんは、オーケストラで打楽器《だがっき》を担当《たんとう》しています。

打楽器奏者《そうしゃ》は、ひとつの楽器だけではなく、たくさんの種類《しゅるい》の楽器を担当します。

シンバル、スネアドラム、バスドラム、タンバリンやトライアングルもあります。

おとうさんは、なかでもティンパニが得意《とくい》です。

ティンパニというのは、じゃがいもを横《よこ》にふたつに切って並《なら》べたようなかたちの、大きなたいこです。

ただ、たたくだけではなく、足もとのペダルで、音程《おんてい》を調節《ちょうせつ》したりします。オーケストラの中で、とても重要《じゅうよう》な存在《そんざい》ですが、そのぶん、使《つか》いこなすことはとてもむずかしいと言われています。

オーケストラでティンパニを演奏《えんそう》しているおとうさんは、堂々《どうどう》としていてとてもかっこいいと思います。

ところで、ぼくが「響《ひびき》」という名前になったのは、おとうさんが音楽をやっているからです。ちなみに、妹の名前は「和音《わおん》」といいます。やっぱりおとうさんのつけた名前です。

ぼくはずっと、この名前が好《す》きではありませんでした。

なぜかというと、名前を言うとかならず、

「さすが。おとうさんが音楽家だからね」

とか、

「きみも将来《しょうらい》は音楽のほうに進《すす》むの？」

とか、言われるからです。

はっきり言って、めいわくです。

たしかにぼくは、小さいころからピアノとバイオリンを習《なら》っているけれど、プロを目指《めざ》せるほどの才能《さいのう》はありません。もっとうまい人がたくさんいることを、知っています。

というか、正直、ピアノはともかく、バイオリンは、まわりとの実力《じつりょく》の差《さ》が開《ひら》く一方なので、そろそろやめたいなって、思っていました。

少し前に、クラスのある男子に、その気持《きも》ちを話したことがあります。

「ぼく、バイオリンやめたいんだよね」

そう言ったら、

「おう、いいじゃん。やめたかったら、やめれば？」

って、言われました。

ぼくは思わず、

「えっ？」

と、聞《き》き返《かえ》しました。

なぜなら、ぼくが想像《そうぞう》していた答えは、

「やめるなんて、もったいないよ」

だったからです。

そして、ぼくは気がつきました。もったいないと言われることを、期待《きたい》していたっていうことに。

やめれば、と言ってくれたその子は、ちょっと変《へん》なところもあるけど、明るくて、思いやりがあって、ぼくはひそかに、そんけいしています。その子は、まわりのことをよく見ていたり、自分の気持《きも》ちに正直だったり、人をゆかいな気持ちにさせてくれたり、ぼくにはないものを、たくさん持っています。

今回もその子は、ぼくの本当の気持ちに、気づかせてくれました。

ぼくはバイオリンをやめたくない。

プロを目指《めざ》せるほどうまくはないけれど、ぼくは音楽が好《す》きです。

だから、「響《ひびき》」というこの名前が、ぼくにはやっぱり合っているのだなと、はじめてそう思いました。

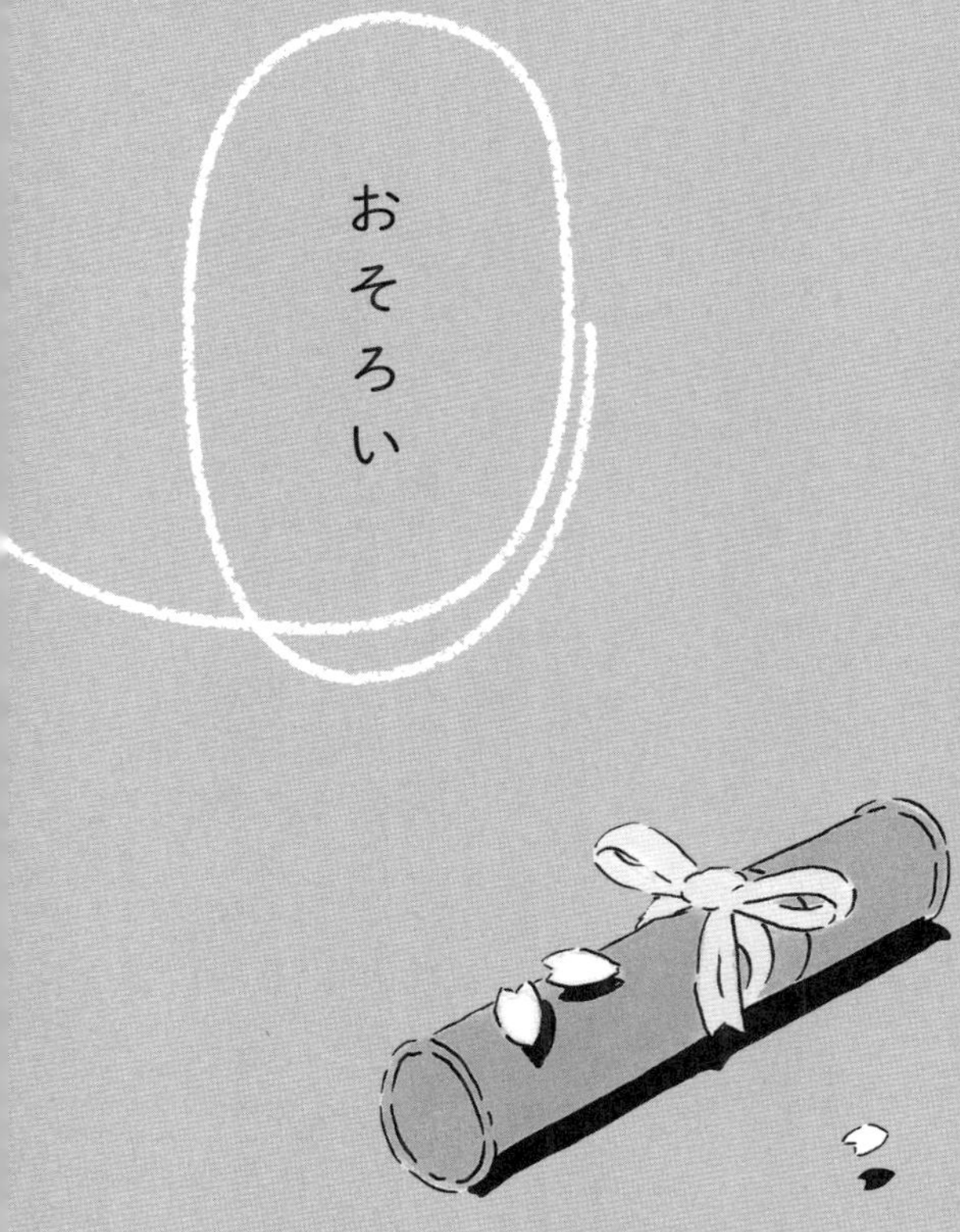
おそろい

もうすぐ卒業式《そつぎょうしき》。

特《とく》に女子たちの間で話題《わだい》になっているのが、卒業式の服装《ふくそう》についてだ。

仲《なか》よしのハネリカと立見《たつみ》さんと川澄《かわすみ》さんは、三人で相談《そうだん》して「三つ子コーデ」にしようねという話をしている。三人でおそろいのジャケットを着《き》て、色違《いろちが》いのチェックのスカートをはくのだ。髪《かみ》の毛《け》につけるアクセサリーはスカートと同じ色にしようとか、おかあさんたちをうまく説得《せっとく》しようとか、そういう声が耳に入ってくる。

暦《こよみ》はその話を聞きながら、ちょっとだけうらやましい。仲よしのしるしだ。

でも、そういうのを好意的《こういてき》に思わない子たちもいる。

「三人だけおそろいって、感《かん》じ悪《わる》くない？　式田《しきだ》さんは入れてあげないんだ」

「だって、式田《しきだ》さんちだけ、おかあさん同士《どうし》が仲《なか》よくないじゃん」

「だから外されちゃったんだ。なんかかわいそうだね」

そう、ハネリカと立見《たつみ》さんと川澄《かわすみ》さんは、だれがどう見ても仲がいい。でも、そのなかにときどき四人めのメンバーが加《くわ》わることがある。それが式田さん。偶数《ぐうすう》でチームを組まなきゃいけないときだけ、式田さんはハネリカたちにさそわれる。

まるで補欠《ほけつ》メンバーみたい。

式田さんには悪《わる》いけど、暦《こよみ》にはそういうふうに見えてしまう。必要《ひつよう》なときだけ、仲間に入れてもらえる。でも、たとえそういうポジションでも、式田さんはハネリカたちと仲よくしたいみたいだった。

突然《とつぜん》、伊東《いとう》さんが暦に言った。

「うちの学校、卒業式《そつぎょうしき》の袴《はかま》は禁止《きんし》なんだって。知ってた？」

暦は知らなかった。というより、卒業式に袴をはいていくという発想《はっそう》がなかった。

「ふぅん。どうしてかな」

「トラブルのもとになるからじゃない？　着付《きつ》けに時間がかかって遅刻《ちこく》したりとか」

なるほど。暦《こよみ》が納得《なっとく》していると、伊東《いとう》さんは小声でつけ加《くわ》えた。

「それに、袴《はかま》って高価《こうか》なんだって。着たくても着れない子がいるからかも」

「それはつらいね」

「ね」

ハネリカたちの三つ子コーデにも、けっこうお金がかかりそうな雰囲気《ふんいき》だ。ハネリカたち三人は、新築《しんちく》のきれいな一戸建《いっこだ》てかマンションに住《す》んでいるけれど、式田《しきだ》さんの家は、商店街《しょうてんがい》の裏《うら》にある、昔《むかし》からある古い家。そういえば、いつも着ている服《ふく》も、ハネリカたちのほうが、流行《りゅうこう》の最先端《さいせんたん》っていう感《かん》じがする。

四つ子コーデではなく三つ子コーデに決《き》まってしまったのも、もしかしたらそういう部分《ぶぶん》が関係《かんけい》しているのかもしれなかった。

でも、逆《ぎゃく》に言えば、そんな状況《じょうきょう》にもかかわらず、ときどき仲間《なかま》に入れてもらえる式田さんは、スゴいということなのかもしれない。たしかに式田さんはハキハキしていて明るくて、いつもおもしろいことを言うし、特別《とくべつ》かわいいわけではないけれど、清《せい》潔感《けつかん》のある雰囲気《ふんいき》で、しっかりしていて感じがいい。きっと境遇《きょうぐう》よりもキャラクターで勝《か》っている子なんだ。

そんなことをひととおり考えたあとで、暦《こよみ》は自分のことがとてもいやだと思った。お金のことは親たちの問題《もんだい》で、子どもは関係《かんけい》ないはずなのに。どうしてそんなことで人を判断《はんだん》してしまうんだろう。

やっぱり三つ子コーデが原因《げんいん》だ。だれかとだれかが仲《なか》よくすると、そのぶんだけ、だれかが複雑《ふくざつ》な思いをするはめになる。仲よくするのはいいことのはずなのに、おかしいな。

だから、

「わたしたちも、する？　双子《ふたご》コーデ」

と、伊東《いとう》さんがさそってきたときには、思わず、

「えー……」

って、気乗《きの》りしない声をあげてしまった。

このところ、暦《こよみ》は床井《とこい》くんといっしょに帰る。方向《ほうこう》が同じだし、昇降口《しょうこうぐち》でなにげなく床井くんが待《ま》っているからだ。

最近《さいきん》、床井くんはすごく背《せ》が伸《の》びた。暦よりは低《ひく》いけれど、そのうち追《お》い越《こ》されそうな勢《いきお》いだ。

「ねぇ、卒業式《そつぎょうしき》で同じ服着《ふくき》るのって、どう思う？　男子はそんなことしないかもしれないけど」

「ああ、ハネリカたちが盛《も》り上《あ》がってるやつか」

なんと、もう知っているとは。まぁ、休み時間に相当騒《そうとうさわ》いでいるから、耳に入っていてもおかしくない。

「式田《しきだ》さんだけ仲間外《なかまはず》れみたい。そういうのって、どうなのかなぁ」

「へぇ？　でも、仲間に入りたかったら、言うだろ、式田なら。給食《きゅうしょく》のときも、あいつ、女子でひとりだけ、めっちゃおかわりするじゃん」

「おかわりは関係《かんけい》ないよ。わたしだってたまにするし」

これだから男子は。クラスのなかの、女子の複雑《ふくざつ》な人間関係をわかっていない。

「相手《あいて》はハネリカたちだよ。言えないでしょ」

「そうかぁ？　言うと思うけどな、式田《しきだ》は」

床井《とこい》くんは納得《なっとく》できないような声で言った。

そこまで言われると、式田さんとそれほど親しくない暦《こよみ》は、ちょっと自信《じしん》がなくなってきた。どちらかといえば、暦よりも床井くんのほうが、式田さんと近いところにいるからだ。式田さんは床井くんや鈴木《すずき》くんたちといっしょになって、校庭《こうてい》でサッカーなんかをして遊《あそ》んでいることがある。そうかと思えば、ひとりで教室で本を読んでいるようなこともあるし……。そう、すごく自由《じゆう》な感《かん》じがする。

つまり、ただまわりが「かわいそう」と言っているだけで、式田さん本人はちっとも気にしていないのかもしれない。

暦が黙《だま》って考えていると、床井くんも考えながら言った。

「あの三人、中学がバラバラになるじゃん」

「え？」

「立見《たつみ》はおれたちと同じとこだけど、川澄《かわすみ》は学区《がっく》が違《ちが》うからとなりの中学だし、ハネリカは受験《じゅけん》して私立《しりつ》じゃん」

「あ……」

気づいていなかった。そういえば、そうだった。二月の受験で、ハネリカは第一志《だいいちし》望《ぼう》の女子中に妹といっしょに合格《ごうかく》したということで、うれしさのあまり大泣《おおな》きしていた。

「だから最後《さいご》に思い出作りしたいんじゃん？　いいじゃん、そういうのもべつに」

またしても、暦《こよみ》は床井《とこい》くんに「やられた」と思った。床井くんは視野《しや》が広い。暦が見ていない部分《ぶぶん》を、きちんと見ていて、教えてくれる。

たしかに、みんなといっしょに地元の中学に進学《しんがく》する暦とは、卒業式《そつぎょうしき》にかける情熱《じょうねつ》が違うのかもしれなかった。

暦は、もしかしたら床井くんといっしょになって、ハネリカたちの悪口《わるくち》を言いたかっただけかもしれないと思った。

だめだな、わたしって。

落《お》ちこんで暗《くら》くなっている暦を見て、床井くんはなにかかんちがいをしたようで、暦《こよみ》の肩《かた》をぽんとたたいた。

「とにかく、式田《しきだ》は気にしていないと思うぜ。ミケっていいやつだな！」

ぜんぜんいいやつじゃないよ……。

暦はしょんぼりしながら家に帰った。


その日、暦は家でおかあさんとおばさんに聞いてみた。ふたりは協力《きょうりょく》しあって洗濯《せんたく》ものをかたづけているところだった。アイロン係《がかり》がおかあさんで、たたむ係がおばさんだ。

「おかあさんたちは、小学校の卒業式《そつぎょうしき》って、どういう服《ふく》を着《き》たの？　やっぱり双子《ふたご》だから、おそろい？」

すると、おかあさんたちは顔を見合わせた。

おかあさんはアイロンのスイッチを切って、正座《せいざ》したままで答えた。

「言ってなかったっけ。わたしたち、小学校は別々《べつべつ》の学校だったの」

「えっ、知らなかった」

同じところを卒業《そつぎょう》したとばかり思っていた。

今度《こんど》はおばさんが、懐《なつ》かしそうな表情《ひょうじょう》で答えた。

「わたしは学校の制服《せいふく》で出席《しゅっせき》したなぁ。でも、おねえちゃんは私服《しふく》でしょ？」

「そう、わたしはグレーのプリーツスカートに、紺色《こんいろ》のジャケットだったかな」

そんなことよりも、どうして別々の学校だったって、今まで教えてくれなかったんだろう。これまで一度《いちど》も話題《わだい》にならないなんて、不自然《ふしぜん》だ。

暦《こよみ》の気持《きも》ちが通じたようで、おかあさんが肩《かた》をすくめながら言った。

「内緒《ないしょ》にしていたわけじゃないのよ。でも、やっぱりちょっと、なにかあるわよね、わだかまりが」

おばさんもうなずいた。

「そうね。わたしだけが受験《じゅけん》で受《う》かっちゃったから。わたしは合格《ごうかく》を辞退《じたい》しておねえちゃんと同じ学校でもいいって言ったけど、かあさんはいい顔をしなかったし、おねえちゃんも拒否《きょひ》したんだよね。受かったんだから、ひとりで行けばって。あのとき、子ども心に、ものすごくかなしかったんですけど」

「アハハ。ごめん、ごめん」

おかあさんは照《て》れくさそうに笑《わら》って、でもすぐにまじめな顔になって言った。

「だってせっかく合格《ごうかく》したんだから、行かなきゃもったいないよね。かあさんもそうしてほしそうだったし」

そうだったのか。

暦《こよみ》はハネリカが合格して泣《な》いていたという理由《りゆう》がよくわかった気がした。ハネリカも双子《ふたご》だから、妹といっしょに合格できて、きっとすごくホッとしたんだろうな。

でも、わたしがおかあさんだったら、相手《あいて》のことを考えて、「ひとりで行けば」なんて、言えるかなぁ。それも、まだ六歳《さい》のころに！　おかあさんってすごいな。暦はなんだか感心《かんしん》した。

すると、おかあさんが白状《はくじょう》するように言った。

「でも、小学生のころのわたしたち、あんたとなごみとは違《ちが》って、あんまり仲《なか》がよくなかったんだ」

「ええっ、そうなの？」

暦《こよみ》がおばさんの顔を見ると、おばさんもうなずいた。

「そう、おたがいの学校のいいところを自慢《じまん》したりしてね」

「最初《さいしょ》はそうやって張《は》り合《あ》っていたのが、高学年くらいになったら、今度《こんど》はギクシャクしてきたしね」

「やっぱり同じ学校だったらよかったかもって、何回か思ったけど、でもわたしが我《が》慢《まん》して合格《ごうかく》をなかったことにしていたら、それはそれで、わだかまりが残《のこ》ったかもしれない」

「そうそう。だからあれでよかったの。そのあと中学は同じところになって、そのまま高校も同じで、仲よくなったのは、そのあたりからかな。おそろいの服《ふく》も、それからだよね、着《き》るようになったのは」

「そうだね、子どものころは、わざと違《ちが》うものを選《えら》んだりしていたかも」

「今思えば、親はたいへんだっただろうね」

生まれたときからずっと大の仲《なか》よしなんだと思っていたので、暦はその話を聞いて本当におどろいた。

「そうだったんだぁ」

「意外《いがい》でしょ？」

「わたしたち、大人になってからのほうが、ずっといっしょにいるわよね。子どものころのわたしたちが聞いたら、びっくりすると思うな。結婚《けっこん》しても同じ家で暮《く》らしているなんてね」

「ほーんと、そうね」

「でも、だからかもしれないよね。あのころの埋《う》め合《あ》わせをしているっていうか」

「なるほどねぇ。それもそうかもしれないね」

今、こんなに仲《なか》がいいのなら、子ども時代《じだい》にあんまり仲がよくなかったことも、意《い》味《み》のあることだったのかもしれない。

暦《こよみ》にはそのとき、子どものころのふたりの姿《すがた》が、ぼんやり見えた気がした。

卒業式《そつぎょうしき》の日、ハネリカたちは三つ子コーデでやってきた。最初《さいしょ》はチェックのスカートと言っていたけれど、ジャケットと同じストライプ柄《がら》のハーフパンツに変《か》わったらしい。それはとてもスタイリッシュで三人によく似合《にあ》っていたし、暦《こよみ》はやっぱりうらやましかった。

伊東《いとう》さんとの双子《ふたご》コーデは実現《じつげん》しなかったけれど、かわりに色違《いろちが》いのシュシュをつけることにした。伊東さんはこげ茶色、暦は紺《こん》だ。ふたりとも自分のお小遣《こづか》いで買った。伊東さんとはこれから同じ中学に進学《しんがく》するわけだし、部活《ぶかつ》も同じバレー部にしようねと話している。だからおそろいにするのはシュシュくらいで十分だ。

それにこの色なら、ひょっとしたら中学校でもつけられるかもしれない。伊東さんがそう言ったとき、暦はとてもうれしかった。卒業式限定《げんてい》ではなく、これから先もずっとおそろいなのだから。

卒業式が終《お》わったあとで、校庭《こうてい》に出てみんなでにぎやかに写真《しゃしん》を撮《と》ったりしているとき、暦《こよみ》は式田《しきだ》さんのほうを見た。

ハネリカたちと四人で、いっしょに写真《しゃしん》を撮《と》っているところだった。式田さんだけ、大人っぽい黒いワンピースだ。ひとりだけ服装《ふくそう》が違《ちが》う。でも、それは式田さんの雰囲気《ふんいき》にとてもよく似合《にあ》っていた。

心の中でなにをどう感《かん》じているか、それはわからないけれど、四人はみんな笑顔《えがお》で、仲《なか》がよさそうに見えた。

「ねぇ、暦ちゃんも入ってよー。最後《さいご》なんだし！」

じっと見ていたせいか、ハネリカに声をかけられた。

ドキドキしながら四人のとなりに並《なら》ぶ。

式田さんと目が合った。式田さんはにっこり笑《わら》いかけてくれた。

「三ケ田《みけた》さんは西中《にしちゅう》でしょ？　四月からもよろしくね」

「うん。……また同じクラスだといいね」

さっきまで思ってもみなかったことを口に出すと、案外《あんがい》、本当にそう思っているのかもしれないと思えた。式田さんもちょっと意外《いがい》そうに、でもうれしそうに、はにかんだ。

暦《こよみ》も式田《しきだ》さんと似《に》たタイプのワンピースを着《き》ていた。この写真《しゃしん》の中では、自分と式田さんが双子《ふたご》コーデに見えるかもしれない。

いい卒業式《そつぎょうしき》だな。暦はちょっとだけ感動《かんどう》した。

「ね、これあげる。もらって」

写真を撮《と》ってもらったあとで、ハネリカが暦の手にこっそりなにかを握《にぎ》らせた。

いつだったか、ハネリカが暦にぬれ衣《ぎぬ》を着せた原因《げんいん》の、天使《てんし》の羽のキーホルダーだった。

暦がなにか答えるより先に、ハネリカはにぎやかなほうへ走っていってしまった。

そういえば、ハネリカに暦ちゃんと呼《よ》ばれたのは今日がはじめてだ。

暦ちゃん、こよみん、ミケ、こよちゃん、三ケ田《みけた》さん。

いろんな名前で呼ばれた一年だったなぁ。どれも自分のことだけど、それぞれの場所《ばしょ》に違《ちが》う自分がいたような気もする。

ハネリカのまわりに人が集《あつ》まるのには、ちゃんと理由《りゆう》があるんだと思った。以前《いぜん》はかわいいと思えなかった天使《てんし》の羽は、今日から暦《こよみ》の宝物《たからもの》。
ふと横《よこ》を見ると、床井《とこい》くんが暦のほうを見て笑《わら》っていた。

戸森《ともり》しるこ

1984年、埼玉県生まれ。武蔵大学経済学部経営学科卒業。東京都在住。『ぼくたちのリアル』で第56回講談社児童文学新人賞を受賞し、デビュー。同作は児童文芸新人賞、産経児童出版文化賞フジテレビ賞を受賞。『ゆかいな床井くん』で第57回野間児童文芸賞を受賞。その他の作品に『十一月のマーブル』『ぼくらは星を見つけた』(以上講談社)、『しかくいまち』(理論社)、『れんこちゃんのさがしもの』(福音館書店)、『ジャノメ』(静山社)、『ココロノナカノノノ』(光村図書)、『ミリとふしぎなクスクスさん〜パスタの国の革命〜』(ポプラ社)など。教科書掲載作品に「セミロングホームルーム」(三省堂・令和3年度版『現代の国語2』)、「おにぎり石の伝説」(東京書籍・令和6年度版『新しい国語五』)がある。

画　早川世詩男《はやかわよしお》

イラストレーター。1973年生まれ。名古屋市立工芸高校デザイン科卒業。装画や挿絵など書籍に関係する仕事を中心に活動中。第32回ザ・チョイス年度賞大賞受賞。

ゆかいな床井《とこい》くん

2018年12月17日　第１刷発行
2024年10月18日　第８刷発行

発行所　株式会社 講談社
〒112-8001
東京都文京区音羽2-12-21
電話　編集03-5395-3535
　　　販売03-5395-3625
　　　業務03-5395-3615

KODANSHA

著者　戸森《ともり》しるこ
発行者　安永尚人
装丁　城所 潤(JUN KIDOKORO DESIGN)
印刷所　株式会社 精興社
製本所　株式会社 若林製本工場
本文データ制作　講談社デジタル製作

N.D.C.913　185p　20cm　ISBN978-4-06-513905-9

本書は書きおろしです。

戸森しるこの本

3人の少年の忘れられない夏の友情物語

ぼくたちのリアル

人気者の璃在《リアル》。地味キャラの渡《わたる》。転校生で美少年のサジ。個性の違う三人は、知らず知らずのうちに、おたがいの言葉や行動に影響され、それぞれ悩みをのりこえていく。「そう、みんなひとりだから、誰かに出会えるんだ。心にしみる再生と希望の物語。——小林深雪」

産経児童出版文化賞フジテレビ賞、講談社児童文学新人賞、
児童文芸新人賞受賞作品
読書感想文全国コンクール課題図書

四六判ハードカバー　224ページ　定価：本体1300円（税別）
ISBN978-4-06-220073-8

Circo Tomori

少年たちの静かで美しい戦いの物語

十一月のマーブル

小学六年の波楽《はら》は、お父さんが再婚したから、今のお母さんと血がつながっていない。ぼくを産んだ人との「つながり」を探しに行く謎解き物語。「大人が忘れて久しいひたむきな戦いの物語です。波楽とレンの眼差しの先にあるものに心が震えて、止まりません。——あさのあつこ」

四六判ハードカバー　192ページ　定価：本体1300円(税別)
ISBN978-4-06-220304-3

戸森しるこの本

好きという感情は誰にも止められない。

理科準備室のヴィーナス

私たちの学年の理科の先生は、洋風の印象的な顔立ちをしている。結婚していないのに、子どもがいるってウワサ。先生にひかれる私と、もうひとりの生徒。
「なぜ彼女にひかれるのか、よくわからない。わかっているのは好きだということだけ。その戸惑いが、ひりひりと伝わってきた。――ひこ・田中」

四六判ハードカバー　208ページ　定価：本体1300円（税別）
ISBN978-4-06-220634-1

Circo Tomori

ひとりひとり、ちがっていいんだよ。

おしごとのおはなし スクールカウンセラー

レインボールームのエマ

レインボールームは、小学校の中にある相談室とよばれている場所のこと。虹みたいに、いろんな色の子たちが集まるところ。どうして自分を好きになれないのかな？　どうして親とうまくいかないのかな？　いろいろな悩みに相談室の入口先生はヒントをくれます！

絵：佐藤真紀子
A5判ハードカバー　80ページ　定価：本体1200円（税別）
ISBN978-4-06-220943-4

戸森しるこの本

たいせつなきみを見つける
小さなくつ下の大冒険

ぼくの、ミギ

「行かなくちゃ。」みんなが眠って静かになった、夜おそく。ぼくはそうつぶやいた。赤い毛糸のくつ下「ミギ」と「ヒダリ」は「ふたりでいっそく」！　なのに、どうしてミギはどこかに行ってしまったの？　ミギを見つけることができたら、ぼくもミギみたいになれるかな。さぁ、行こう。

絵：アンマサコ
B24取　108ページ 定価：本体1400円(税別)
ISBN978-4-06-512335-5

Circo Tomori

ひとりぼっちの「今」を生きる、
主人公たちを描いたアンソロジー

YA! ENTERTAINMENT

ひとりぼっちの教室

死にそうな思いしてまで行く場所じゃないし、
学校って。
──『これは加部慎太郎に送る手紙』戸森しるこ

『友達なんかいない』小林深雪
『これは加部慎太郎に送る手紙』戸森しるこ
『転生☆少女』吉田桃子
『イッチダンケツ』栗沢まり

四六判ソフトカバー　216ページ　定価：本体950円（税別）
ISBN978-4-06-269515-2